KB114725

LORD RAY SHADE

영주 레이샤드

한승현 판타지 장편소설

FANTASY FRONTIER SPIRIT

영주 레이샤드 4

한승현 판타지 장편 소설

초판 1쇄 찍은 날 § 2014년 7월 21일
초판 1쇄 펴낸 날 § 2014년 7월 29일

지은이 § 한승현
펴낸이 § 서경석

편집부장 § 권태완
편집책임 § 박은정

펴낸곳 § 도서출판 청어람
등록번호 § 제387-1999-000006호
등록일자 § 1999. 5. 31
어람번호 § 제1-1900호

주소 § 경기도 부천시 원미구 부일로 483번길 40 서경B/D 3F (우) 420-822
전화 § 032-656-4452   팩스 § 032-656-4453
http://www.chungeoram.com
E-mail § chungeorambook@daum.net

ISBN 979-11-316-9126-7 04810
ISBN 979-11-316-9036-9 (세트)

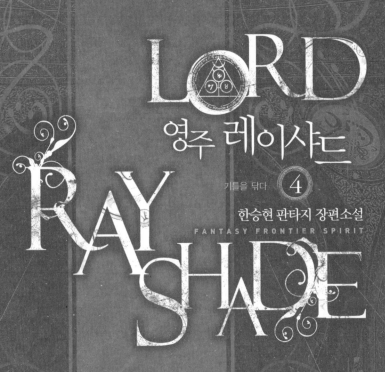

LORD
영주 레이샤드
④
기틀을 닦다

한승현 판타지 장편소설

FANTASY FRONTIER SPIRIT

RAY SHADE

LORD RAYSHADE

영주 레이샤드

CONTENTS

제23장

정기 검진 Part 1

1

"어디 보자……."

시리우스는 일단 50명의 마법 실험체에 각기 이름을 지어 주었다.

다른 마법 실험체였다면 구분하기 쉽게 번호를 붙였겠지만 10살의 지능을 가진 라인하르트의 창조물을 함부로 대하고 싶지 않았다.

첫 번째 실험체에는 시작이라는 의미를 가진 아르타란 이름이 붙여졌다.

두 번째 실험체에는 두 번째라는 뜻의 베나라는 이름이 생졌다.

그렇게 50명의 실험체가 각기 다른 이름으로 불리게 됐다.

실험체들도 자신의 이름이 마음에 드는지 하나같이 웃음을 보였다.

그렇게 50명의 실험체에게 에워싸여 보니 마법 실험실이 비좁다는 생각마저 들었다.

"그런데 스승님, 이 많은 실험체를 어떻게 하죠?"

셀레나가 실험체들을 바라보며 말했다.

현재 마법 실험실에 필요한 인력은 대략 20명 수준이었다. 그것도 평범한 노동력을 감안한 숫자였다.

그런데 순식간에 50명이나 되는 실험체가 생겨 버렸다.

언제고 마법 실험실이 성장해 마탑이 된다면 또 모르겠지만 지금 당장은 이들을 전부 수용하기가 어려운 상황이었다.

실험체의 경우 인간보다 근력이나 지구력이 월등히 뛰어난 편이다. 게다가 피로라는 것을 모른다.

그러다 보니 노동력이 인간에 비해 평균적으로 5배 정도 뛰어난 편이었다.

마족인 라인하르트가 만들었으니 어쩌면 그보다 더 대단할지도 모를 노릇이었다.

어쨌든 단순히 노동력을 기준으로 봤을 때 실험체 한 명이 인간 5명 몫을 감당할 수 있었다.

그렇다는 건 실험체 4명만으로도 당분간 마법 실험실을 운영하는 데 아무런 문제가 없다는 뜻이었다.

물론 일의 효율을 감안한다면 실험체를 최대 10명까지 두어도 상관없을지 몰랐다.

하지만 그 이상은 잉여 노동력에 지나지 않았다. 가뜩이나 좁은 실험실을 더 비좁게만 만들 뿐이었다.

"그렇지 않아도 영주님께 첨탑을 하나 더 내어달라 부탁드릴 생각이다. 그렇다면 실험체들이 머무를 공간은 어느 정도 마련이 될 것이다."

시리우스가 대략적인 대안을 말했다.

현재 사용 중인 제1첨탑에 이어 제2첨탑까지 마법 실험실로 활용한다면 50명의 실험체를 수용하는 것도 무리는 없어 보였다.

하지만 진짜 문제는 그것이 아니었다.

"그럼 이들을 전부 공개하실 생각이세요? 다른 사람들이 적잖게 놀랄 텐데요?"

레이나가 놀란 눈으로 물었다.

한두 명도 아니고 무려 50명이나 되는 마법 실험체를 전부 공개하겠다니. 그에 따른 파장이 만만치가 않을 것 같았다.

아베론 영지의 인구수는 고작 천여 명에 불과했다. 수만을 넘는 다른 영지들과는 달랐다.

그러다 보니 50명이라는 인구수가 더해지면 금방 티가 날 수밖에 없었다.

게다가 마법 실험체 50명을 만들었다는 것도 문제였다. 대륙에서 현재 인간형 마법 실험체를 만들 수 있는 마법사는 없다시피 했다.

드래곤이라 할지라도 단번에 50명이나 되는 마법 실험체를 만들어내지 못한다.

만일 이 같은 사실이 외부에 알려지기라도 한다면? 필시 대륙의 이목을 끌게 될 게 틀림없었다.

마법 실험실이 마탑으로 성장하기도 전에 주변의 견제를 받는다는 건 결코 좋은 일이 아니었다. 최악의 경우 성장 자체가 불가능해질 수 있었다.

그 점에 대해서는 시리우스도 고민이 적잖았다. 그렇다고 이제 와서 라인하르트를 찾아가 마법 실험체를 정리해 달라고 부탁할 수도 없는 노릇이었다.

"괜찮은 방법이 없겠느냐?"

시리우스가 두 제자에게 지혜를 청했다.

"흠……. 가장 좋은 방법은 이들을 외부인으로 둔갑시킨 다음에 다시 영지 안으로 들여놓는 건데 그게 가능할지 모르겠어요."

셀레나가 골치 아프다는 얼굴로 말했다. 자신이 떠올린 방법을 실행시키기 위해서는 이미 영지 안에 들어와 있는 50명의 마법 실험체를 은밀히 영지 밖으로 빼돌려야 했다.

하지만 공간 이동 마법진조차 설치되어 있지 않은 아베론 영지에서는 불가능한 일이나 마찬가지였다.

그러나 시리우스의 생각은 달랐다.

"아주 좋은 방법이로구나. 그렇게 하자."

제아무리 대마법사인 시리우스라 하더라도 혼자서 50명이나 되는 마법 실험체를 이동시키지는 못한다.

하지만 인간 마법의 영역을 뛰어넘는 라인하르트라면 이야기가 달라진다.

시리우스는 다시 라인하르트를 찾아갔다. 그리고 마법 실험체를 외부인으로 만들고 싶다는 뜻을 전했다.

"흠, 내가 미처 그 생각을 못했구나. 그렇게 하도록 해라. 그러는 편이 쓸데없는 말들을 줄이는 데 좋겠지."

라인하르트는 흔쾌히 고개를 끄덕였다. 그리고 아르메스를 시켜서 50명의 마법 실험체를 대륙 북부에 적당히 흩어놓으라고 지시를 내렸다.

"그렇게 하겠습니다, 라인하르트 님."

라인하르트만큼은 아니지만 아르메스의 마법 실력도 인간 마법사를 뛰어넘은 지 오래였다.

아르메스는 두세 명씩 짝을 이루어 마법 실험체를 대륙 북부의 영지민으로 둔갑시켰다. 그리고 그들에게 시간 간격을 두고 아베론 영지로 되돌아오라는 지시를 내렸다.

마법 실험체들은 시키는 대로 아베론 영지로 발걸음을 옮겼다.

레이샤드는 그들을 영지민의 일원으로 인정해 주었다. 그렇게 열흘 동안 아베론 영지의 인구는 50명이나 늘어나게 됐다.

잉여 노동력이 생기자 관리들은 저마다 관심을 보였다. 광산 개발부터 시작해 아카데미 건립 지원, 농경지 관리에 이르기까지 아베론 영지는 일손이 부족한 상태였다.

그러나 50명의 마법 실험체는 계획대로 마법 실험실로 배치되었다.

"포션을 생산할 인력이 너무나 부족한 상태입니다. 이대로는 계약을 한 물량을 맞추지 못하게 될 수도 있습니다. 영주님."

인력이 필요하다는 시리우스의 앓는 소리에 관리들도 더는 욕심을 내지 못했다.

그렇게 마법 실험체를 다시 받아들인 시리우스는 그들과 함께 본격적인 포션 생산 준비에 들어갔다.

농경지 곳곳에 뿌려 놓은 식물들의 수확이 보름 앞으로 다가 온 상황이었다. 그것들을 바탕으로 6만 병이 넘는 포션을 만들기 위해서는 미리미리 설비를 갖춰놓아야 했다.

시리우스는 레이샤드에게 별도의 포션을 생산할 수 있는 장소를 요구했다. 마법 실험실만으로는 마법 실험체들을 수용하는 것조차 버거웠다.

레이샤드는 즉시 아돌프와 행정 담당 모비드를 불러 이 일을 상의했다.

본래 아베론 영지에는 아베론 성이라 불리는 중앙성을 중심으로 동서남북 네 곳에 부성이 딸려 있었다.

그러나 아베론 영지의 규모가 작아지고 생산력이 줄어들면서 부성들을 봉하고 중앙성만 운영하는 실정이었다.

"세르베스 님의 말에 따르면 앞으로 6만 병 정도의 포션이 생산될 것이라고 합니다. 그 정도 포션을 만들기 위해서는 제법 넓은 공간이 필요할 듯합니다."

아돌프가 전체적인 상황을 정리했다. 본래 수백 병의 포션을 만들기 위해서도 제법 많은 공간이 필요했다.

원료들을 저장할 곳에서부터 시작해 배합할 공간과 완성된 포션을 보관할 공간, 그리고 포션 실험을 할 공간까지 전부 마련이 되어 있어야 했다.

지금까지는 라인하르트의 아공간으로 공간적인 문제를 해결해 왔지만 앞으로는 달랐다.

아베론 영지에서 생산한 포션이 퍼져 나가면 금세 대륙의 이목이 아베론 영지에 집중될 것이다.

그때를 대비하기 위해서라도 그럴듯한 설비를 갖춰놓는 편이 나았다.

"아무래도 네 부성 중에 한 곳을 여는 게 좋겠어요."

레이샤드가 나름의 생각을 밝혔다.

아베론 성에도 아직 사용하지 않는 공간이 많긴 했지만 중앙성으로서의 역할에 충실하기 위해서라도 생산 시설은 외부로 돌리는 편이 나았다.

"그렇다면 동쪽 성이 좋겠습니다. 예전에 세워놓았던 생산 시설들이 남아 있을 테니 그것들을 잘 활용한다면 포션 생산소도 빠르게 자리를 잡을 것 같습니다."

모비드가 나직한 목소리로 말했다. 그의 말에 동의하듯 아돌프가 고개를 끄덕였다.

"그럼 오늘부터 동쪽 성을 다시 열도록 하겠어요."

레이샤드가 최종적으로 동쪽 성의 개방을 결정했다. 그렇게 아베론 영지에 대규모 포션 생산 건물이 들어서게 됐다.

2

개방된 동쪽 성을 정리하느라 영지 전체가 정신이 없을 무렵.

덜커덩. 덜커덩.

한 대의 마차가 아베론 성을 향해 움직였다.

"신전 마차다!"

마차를 발견한 이들이 하나같이 눈을 돌렸다. 대지의 여신이 아름답게 음각된 마차는 단순히 보는 것만으로도 몸과 마음이 정화가 되는 기분이었다.

반면 마차에 타고 있는 이들의 심정은 달랐다.

"하아……."

아베론 영지에 들어선 이후로 수련 신관 메이샤는 땅이 꺼져라 한숨만 내쉬었다.

아베론 영지를 다녀온 게 엊그제 같은데 벌써 4개월이란 시간이 지났다. 그리고 오늘 또다시 아베론 영지를 방문하게 됐으니 마음이 심란할 수밖에 없었다.

그런 제자를 바라보는 신관 로베스의 표정도 편치가 않았다. 대지의 신전을 떠나기 전 은밀하게 전달된 한 통의 서신 때문이었다.

하지만 로베스는 자신의 속내를 내색하지 않으려 애썼다. 적어도 겉으로는 대지의 여신을 섬기는 신관으로서 체면을 지키려 노력했다.

그러나 거듭되는 메이샤의 한숨은 로베스를 신경 쓰이게 만들었다.

"아베론 영지에 가는 것이 그렇게 싫으냐?"

로베스가 메이샤를 바라보며 물었다. 그러자 메이샤가 기다렸다는 듯이 울상을 지었다.

"스승님, 제 손톱 보이시죠?"

"그래, 예쁘게 잘 다듬었구나."

"이게 지난 몇 개월간 공을 들여 다듬은 것이거든요. 근데 아베론 영지에 들어가면 금방 금이 가 버려요. 이번에도 마찬가지겠죠. 지난번에도 그랬으니까요."

메이샤가 손을 내려다보며 투덜거렸다. 불만거리가 한두 가지가 아니었지만 당장 눈에 보이는 손톱이 깨질 생각을 하니 울음이 터질 것만 같았다.

"하아, 메이샤야. 손톱이 중요하느냐. 아니면 여신의 가르침을 따르는 껏이 중요하느냐?"

로베스가 한심스럽다는 듯 말했다. 여신관으로서 한창 외모를 가꿀 나이라는 걸 모르지는 않지만 그렇다고 해서 그것이 여신의 뜻보다 앞설 수는 없는 일이었다.

하지만 메이샤는 좀처럼 수긍할 생각을 하지 않았다.

"스승님은 몰라요. 여자의 마음을."

메이샤가 입술을 삐죽거리고는 창밖을 내다봤다. 그러는 사이 마차는 어느새 천천히 속력을 줄이며 아베론 성 안으로 들어서고 있었다.

"으으. 싫다, 싫어."

메이샤가 마지막까지 몸부림을 쳤다. 하지만 매정하게도 마차는 아베론 성의 내성문 앞에 떡 하니 멈춰 서버렸다.

"어서 오십시오. 기다리고 있었습니다."

때마침 성문에서 나온 아르메스가 로베스와 메이샤를 맞았다. 예전 같았으면 아돌프가 나서서 접객을 했겠지만 근래 들어 성의 손님맞이는 집사의 일을 대행하는 아르메스가 총괄하고 있었다.

"누, 누구세요?"

메이샤가 똥그래진 눈으로 아르메스를 바라봤다. 그러자 아르메스가 가볍게 웃으며 자신을 소개했다.

"아베론 영지의 집사 일을 맡고 있는 아르메스라고 합니다. 레이샤드 영주님으로부터 두 분을 모시라는 분부를 받았습니다."

로베스는 묵묵히 고개를 끄덕였다. 아르메스에게서 느껴지는 느낌이 상당히 이질적이긴 했지만 아베론 영지다 보니 그저 기분 탓이라고만 여겼다.

반면 메이샤는 아르메스에게서 눈을 떼지 못했다.

"집사시라고요? 언제부터 아베론 영지에 계셨는데요? 지난번 왔을 때는 못 봤던 것 같은데요?"

조금 전까지만 해도 죽을상을 했던 메이샤가 홍조를 띠며 물었다. 표정을 보아하니 아르메스의 잘생긴 외모에 반한 모양이었다.

로베스가 허락하다면 아르메스와 따로 시간이라도 가질 기세였다.

"죄송하지만, 사적인 질문에 대해서는 대답해 드릴 수 없습니다."

아르메스가 가볍게 웃으며 고개를 숙였다. 그리고는 메이샤를 상대하지 않겠다는 듯 일부러 로베스의 옆쪽에서 걸음을 옮겼다. 말은 하지 않았지만 노골적인 무시나 다름없었다.

로베스는 슬쩍 메이샤의 눈치를 살폈다. 자존심이 센 메이샤의 성격상 이대로 두고 보지는 않을 것 같았다.

하지만 정작 메이샤는 웃음을 감추지 못했다. 냉정하게 질문을 회피하는 아르메스의 모습까지도 그녀의 마음을 뒤흔든 모양이었다.

"언제 저런 남자가 집사로 들어왔지?"

아르메스의 뒤를 쫓으며 메이샤가 행복한 표정을 감추지 못했다. 외관상 20대 초반의 미남자로 보이는 아르메스가 아베론 영지의 새 집사라는 사실만으로도 주변의 공기가 달라진 기분이었다.

"허……."

로베스는 그저 헛웃음이 났다. 평소에도 메이샤가 좋은 귀족 사내에게 시집가고 싶다는 말을 입버릇처럼 해오긴 했지만 난생처음 보는 사내에게 이 정도로 빠져버릴 것이라고는 미처 생각하지 못한 얼굴이었다.

메이샤에게서 고개를 돌린 로베스가 다시 아르메스와 눈을 맞췄다. 그리고 조심스러운 목소리로 물었다.

"오늘은 영주님을 만나 뵐 수 있습니까?"

하르베스 폐황태자가 죽은 이후로 근 3년간 로베스는 레이샤드를 보지 못했다.

헬레나와 하녀들을 통해 레이샤드의 소식을 전해 듣긴 했지만 직접 얼굴을 대면한 경우는 없었다.

그런데 오늘은 직접 아르메스를 보내어 자신들을 맞게 했다. 아르메스가 괜히 해본 말인지는 모르겠지만 만일 그의 말이 사실이라면 이번만큼은 레이샤드를 볼 가능성이 높아 보였다.

"영주님께서는 집무실에서 기다리고 계십니다."

아르메스가 가볍게 웃으며 답했다. 하지만 그뿐. 이렇다 할 부연 설명은 없었다.

로베스는 이내 묵묵히 발걸음을 옮겼다. 어차피 조금만 있으면 만나 볼 터. 그때가 되면 어째서 마음이 바뀌었는지 그 이유를 알 수 있게 될 것이라고 여겼다.

그러는 사이 세 사람은 레이샤드의 집무실 앞에 도착했다.

"영주님, 지시하신 대로 대지의 신전에서 오신 신관들을 모셔 왔습니다."

아르메스가 방문을 향해 나직이 고했다.

잠시 후,

"안으로 들어오라고 하세요."

레이샤드의 허락이 되돌아왔다.

집무실을 지키고 있던 병사들이 문을 열었다. 그 안으로 아르메스와 로베스, 메이샤가 걸어 들어갔다.

"어서 오세요, 로베스 님. 그렇지 않아도 기다리고 있었어요."

레이샤드가 자리에서 일어서며 로베스를 반겼다.

순간 로베스의 눈동자가 살짝 흔들렸다. 3년이라는 시간이 지난 사이에 작았던 소년이 놀랍도록 훌쩍 자라 있었다.

"대지의 여신의 종 로베스가 아베론 영지의 주인을 뵙습니다."

로베스가 오랜 관습에 따라 레이샤드에게 고개를 숙였다.

하지만 함께 인사를 해야 할 메이샤는 한참 동안이나 멍하니 레이샤드만 바라봤다. 생전 처음 보는 레이샤드에게 또다시 첫눈에 반해 버린 것이다.

"메이샤! 뭘 하고 있는 것이냐!"

로베스가 뒤늦게 메이샤를 꾸짖었다. 다른 이도 아니고 영주를 만나는 자리에서 함부로 정신을 판다는 건 크나큰 결례나 마찬가지였다.

"아, 죄송해요. 대지의 여신의 종 메이샤가 아베론 영지의 주인을 뵙습니다."

메이샤가 뒤늦게 고개를 숙였다. 하지만 그녀의 표정은 당혹감보다는 황홀함에 가득 차 있었다. 그만큼 그녀의 눈에 비친 레이샤드의 외모는 더없이 훌륭했다.

조금 전까지만 해도 그녀의 머릿속은 온통 아르메스의 생각뿐이었다. 이런 궁색한 영지에서 저토록 잘생긴 남자를 볼 수 있다는 걸 대지의 여신의 축복이라 여겼다.

하지만 정작 레이샤드를 만나자 아르메스에 대한 생각은 깨끗이 사라져 버렸다.

비록 외모에 있어서는 아르메스가 보다 성숙해 보일지 몰라도 신분이나 나이 등을 감안하면 레이샤드 쪽이 훨씬 나아 보였다.

그러나 정작 레이샤드는 메이샤의 애달픈 마음을 조금도 헤아려 주지 않았다. 메이샤에게 잠시 머물렀던 레이샤드의 시선은 금세 로베스에게 향했다.

"먼 길 오시느라 고생 많으셨습니다."

"고생은요. 염려해 주신 덕분에 편히 왔습니다."

"대지의 신전은 별일 없지요?"

"예, 영주님. 대신관님께서도 늘 아베론 영지를 위해 기도를 드리고 계십니다."

의례적인 대화가 느긋하게 오갔다. 그러는 사이 로베스의 시선이 잠시 레이샤드의 옆쪽으로 향했다.

듣기로 레이샤드는 아직 혼례를 치르지 않은 것으로 알려졌다. 메이샤 왕국 로델 백작의 막내딸과 혼사가 추진될 뻔했다는 이야기는 전해 들었지만 딱히 마음에 두고 있는 여자도 없다고 했다.

그런데 지금 레이샤드의 옆에는 숨이 멎을 만큼 아름다운 소녀가 서 있었다.

"실례가 되지 않는다면 옆에 계신 분을 소개시켜 주시겠습니까?"

로베스가 조심스럽게 청했다. 레이샤드에 대해 모든 것을 알아야 하는 그로서는 소녀의 정체가 신경 쓰일 수밖에 없었다.

그러자 레이샤드가 흔쾌히 고개를 끄덕였다.

"엘리자베스예요. 브론즈 남작가의 가주랍니다."

레이샤드의 소개에 엘리자베스가 수줍게 웃으며 허리를 굽혀 보였다.

그 모습이 어찌나 우아해 보이던지 로베스는 물론이고 시기 어린 눈으로 엘리자베스를 노려보던 메이샤마저 속으로 탄성을 흘려댔다.

"영주님, 오늘은 건강 검진을 꼭 받으셨으면 합니다."

힘겹게 정신을 차린 로베스가 다시 레이샤드를 바라봤다. 그리고는 단호한 목소리로 말했다.

레이샤드가 건강 검진을 피한 지도 벌써 3년이 지났다. 그 사이 죽음의 병의 조짐이라도 보인다면 레이샤드의 전담 신관으로서 여러모로 곤란해지고 만다.

하지만 레이샤드는 가볍게 고개를 흔들었다.

"저는 괜찮으니 어머니를 살펴주세요."

"영주님!"

"어머니가 많이 좋아지셨답니다. 아마 보시면 깜짝 놀라실 거예요."

레이샤드의 고집에 로베스가 무겁게 한숨을 내쉬었다. 다른 변방의 영주였다면 보다 강하게 밀어붙였겠지만 레이샤드는 제국의 황족이었다. 일개 신관 따위가 함부로 대할 수 있는 존재가 아니었다.

"그럼 한 가지만 약속해 주십시오."

"어머니를 살펴보신 다음에 저를 진찰하시겠단 말씀이시죠?"

"그렇습니다, 영주님. 전 영주님의 건강을 살펴야 할 의무와 책임이 있습니다."

로베스가 깊숙이 고개를 숙이며 청했다. 그 모습이 안쓰러워 보였던지 레이샤드가 마지못해 고개를 끄덕였다.

로베스는 레이샤드와 함께 헬레나의 처소를 찾았다. 침대 위에서 자신을 맞을 것이라는 기대와는 달리 헬레나는 창가에 앉아 하녀와 담소를 나누고 있었다.

"어서 오세요, 로베스 님. 그렇지 않아도 어째서 안 오시나 기다리고 있었답니다."

헬레나가 로베스를 반갑게 맞았다. 비록 성수 덕분에 죽음의 병에서 벗어난 것은 아니지만 그간 로베스가 자신을 치료하기 위해 부단히 노력했다는 사실만큼은 잊지 않았다.

그러나 정작 로베스는 평정심을 유지할 수가 없었다. 너무나도 좋아진 헬레나의 안색이 죽음의 병을 이겨냈음을 알려주었기 때문이다.

"이, 이게 어찌 된 일입니까?"

로베스가 놀란 얼굴로 물었다. 비록 대지의 여신을 섬기는 신관이긴 하지만 그는 성수의 한계를 누구보다 잘 알고 있었다.

신전으로 옮겨서 집중적인 치료를 받지 않는 한 성수만으로는 죽음의 병을 이겨낼 수 없음을 이미 정확하게 파악하고 있었다.

그러자 헬레나가 웃는 얼굴로 말했다.

"영지의 마법사께서 죽음의 병에 효과가 있는 포션을 만들어주셨답니다."

"여, 영지의 마법사가요?"

"네, 덕분에 저는 물론이고 죽음의 병으로 고생하는 많은 영지민이 건강을 되찾고 있답니다."

헬레나의 말에 로베스는 머릿속이 복잡해졌다. 아베론 영지에 마법사가 들어와 있다는 말을 듣지 못한 것은 아니었지만 그가 치료 포션을 만들 것이라고는 조금도 생각하지 못했다.

아니, 감히 생각할 수가 없었다. 고작 한 명의 마법사의 힘으로 이겨낼 만큼 죽음의 병은 호락호락하지 않았다.

'죽음의 병을 치료하는 포션이라니! 그게 말이 되는 소리인가?'

치료라는 개념에 있어서 신전은 늘 마탑보다 우위를 지키고 싶어 했다.

신전은 치료란 단순히 상처를 치유하는 데 머무는 게 아니라 몸의 생기를 돋워 삶을 건강하게 만드는 것이어야 한다고 주장했다.

천신으로부터 물려받은 성스러운 힘까지 더해졌으니 단순히 마법적으로 치료를 하는 마탑에 비해 한 수 위라는 것이다.

하지만 그런 신전도 죽음의 병 앞에서는 속수무책이었다.

죽음의 병을 치료하기 위한 포션들을 여러 신전에서 자체적으로 개발하고 있지만 성공한 곳은 단 한 군데도 없었다.

그만큼 죽음의 병이라는 게 악독하기 때문이었다.

그런데 누군지도 모르는 아베론 영지의 마법사가 죽음의 병을 치료할 수 있는 포션을 개발했다고 한다.

단순히 허언만은 아닌 듯 헬레나의 안색은 눈에 띠게 밝아져 있었다.

'아니겠지, 아닐 거야. 감히 누가 신의 저주라는 죽음의 병을 치료할 수 있단 말인가?'

로베스는 속으로 강하게 부정하고 또 부정했다. 신전에서 죽음의 병을 정복하지 못하는 이유는 일종의 신벌이기 때문이다.

신이 내린 벌이기 때문에 인간이 감히 이겨내지 못하는 것이다.

"제가 잠시 살펴보아도 괜찮으시겠습니까?"

로베스가 잔뜩 상기된 목소리로 허락을 구했다.

"그렇게 하세요."

헬레나가 흔쾌히 고개를 끄덕였다.

로베스는 잔뜩 긴장된 얼굴로 헬레나의 몸 상태를 꼼꼼히 살폈다. 그리고 내심 경악을 금치 못했다.

놀랍게도 헬레나의 몸 상태는 정상이나 다름이 없었다. 죽음의 병으로 인해 약해진 기관지와 호흡기는 물론이고 심장마저 전부 정상으로 되돌아와 있었다.

"어떤가요?"

헬레나가 모든 것을 알고 있다는 것처럼 되물었다. 그녀의 맑아진 눈빛을 보고 있자니 차마 거짓말을 할 수가 없었다.

"추, 축하드립니다. 헬레나 님. 이제 다…… 나으셨습니다."

로베스가 힘겹게 검진 결과를 밝혔다. 인정하고 싶지 않지만 헬레나의 병은 깨끗이 나았다. 누군가가 만들었다는 포션 덕분에 말이다.

'대체…… 지난 4개월 사이에 아베론 영지에 무슨 일이 있었단 말인가!'

너무나 좋아하는 헬레나의 시선을 애써 외면한 채 로베스가 질근 입술을 깨물었다.

아무래도 아베론 영지가 심상치 않아 보였다.

3

로베스가 헬레나의 처소에서 당혹감에 사로잡혀 있을 무렵, 메이샤는 레이첼을 검진하고 있었다.

"레이첼 님, 어디 불편하신 곳은 없으세요?"

"응, 없어."

"그러지 말고 말씀해 보세요. 조금이라도 불편한 곳이 있으시다면 제가 다 치료해 드릴게요."

메이샤는 예전과는 다르게 더없이 살가운 목소리로 레이첼을 대했다. 그 모습이 꼭 레이첼의 새언니라도 되는 듯했다.

하지만 정작 레이첼의 반응은 시큰둥했다. 예전에는 예쁘장하게 생긴 메이샤를 상당히 귀찮게 했지만 지금은 별 관심이 없었다.

그런 줄도 모르고 메이샤는 레이첼에게 잘 보이기 위해 안달을 했다. 그런 모습이 오히려 레이첼의 반감을 사는 줄도 모르고 말이다.

"안 되겠어요. 오늘은 꼼꼼히 진찰을 해야겠어요."

레이첼이 좀처럼 말을 듣지 않자 메이샤가 일부러 으름장을 놓았다. 보통 이렇게 겁을 주면 레이첼 또래의 아이들은 지레 겁을 먹고 모든 걸 털어놓기 일쑤였다.

그러나 레이첼은 눈 하나 까딱하지 않았다.

"나 아픈 곳 없어. 그러니까 진찰 안 받을래."

오히려 똑 부러진 목소리로 메이샤의 호의를 거절했다.

"진찰을 안 받겠다니요? 그게 무슨 말씀이세요?"

메이샤가 일부로 과장된 표정을 지어 보였다. 레이첼이 괜히 어리광을 부리는 것이라고 생각했다.

하지만 레이첼이 진찰을 거부하는 데는 그만한 이유가 있었다.

"나 라인하르트 경이 만들어준 포션 마셨어. 그래서 아픈 거 다 나았어."

"예? 라인하르트 경은 누구고 포션은 또 뭐예요?"

"이게 라인하르트 경이 만들어준 포션인데 이것 마시면 아픈 거 다 나아."

레이첼이 구석에 쌓아 놓았던 노란색 포션 하나를 메이샤에게 건네주었다.

"이게…… 포션이란 말이죠?"

메이샤는 미심쩍은 눈으로 포션을 살폈다. 겉모습은 잘 제조된 포션 같았지만 그것이 진짜 치료 효과가 있는 것인지는 장담하기 어려웠다.

게다가 가끔씩 포션이랍시고 이상한 것을 건네주는 어린 환자들도 없지는 않았다. 신관이라면 독약을 먹어도 끄떡없을 거라고 착각하고 도가 넘는 장난을 치는 것이다.

메이샤는 레이첼도 자신에게 장난을 치려는 것이라고 여겼다.

'요 맹랑한 게 오늘은 단단히도 준비를 했네.'

메이샤는 살짝 고민이 됐다. 예전 같았으면 레이첼과의 놀이를 적당히 끝내고 본격적인 진찰을 시작했을 것이다.

하지만 오늘은 왠지 레이첼의 놀이를 조금 더 즐겨주고 싶었다.

"그럼 제가 한 번 마셔봐도 되죠?"

메이샤가 큰마음 먹고 레이첼에게 동조해 주었다. 그러자 레이첼이 활짝 웃으며 고개를 끄덕였다.

"메이샤도 마셔봐. 분명 아픈 곳이 나을 거야."

레이첼의 성화에 메이샤가 마지못해 포션을 들이켰다.

꿀꺽. 꿀꺽.

다소 비릿한 노란색 액체가 순식간에 사라졌다. 메이샤는 자신도 모르게 이맛살을 찌푸렸다. 분명 레이첼의 장난에 속은 것이라 여겼다.

하지만 그것도 잠시.

온몸으로 퍼져 나가는 묘한 기운에 메이샤의 표정이 달라졌다.

"우아! 이거 뭔지는 모르겠지만 대단한데요? 이걸 누가 만들었다고요?"

메이샤가 놀란 눈으로 물었다.

"라인하르트 경, 우리 영지 마법사야."

레이첼이 살짝 가슴을 내밀며 말했다. 얼마 전까지만 해도 볼품없던 영지에 마법사가 생겼으니 자랑스러운 모양이었다.

그러나 메이샤는 레이첼의 말을 곧이곧대로 믿으려 하지 않았다.

'마법사라니? 이런 영지에 마법사가 있을 리가 없잖아? 포션을 판 상인을 마법사라고 착각한 거 아냐?'

메이샤가 애써 웃음을 보였다. 하지만 그녀의 머릿속은 이 놀라운 포션에 대해 로베스에게 알려줄 생각으로 가득 차 있었다.

그때였다.

똑똑.

문소리와 함께 레이첼의 유모 에바가 들어왔다.

"아직 진찰 안 끝났는데요?"

메이샤가 에바를 바라보며 말했다. 그러자 에바가 가볍게 고개를 숙였다.

"로베스 님께서 잠깐 뵙기를 청하셨습니다."

"스승님께서요? 레이첼 님을요?"

"아니요. 메이샤 님을 뵙길 원하십니다."

"저를…… 요?"

고개를 갸웃거리던 메이샤가 반쯤 남은 포션을 손에 들고 밖으로 나갔다. 방문 앞에는 로베스가 굳은 얼굴로 서 있었다.

"스승님, 무슨 일이세요?"

메이샤가 로베스의 안색을 살폈다. 그의 표정을 보니 뭔가 좋지 않은 일이 생긴 게 틀림없어 보였다.

그러자 로베스가 나직이 한숨을 내쉬었다.

"레이쳴 님의 상태는 어떻더냐?"

"레이쳴 님이요? 그게……."

"레이쳴 님도 건강하시더냐?"

"아직 살펴보지 않아서 잘 모르겠는데요. 그런데 왜 그러시는데요?"

레이쳴이 궁금하다는 얼굴로 물었다. 그녀의 표정을 보아하니 걱정 너머로 호기심이 잔뜩 어려 있었다.

하지만 제아무리 속 좋은 로베스라 하더라도 이번만큼은 레이쳴의 장단에 맞춰 줄 상황이 아니었다.

"아니다. 별일 아니니까 너는 그만 신전으로 돌아가거라."

"예? 저 아직 레이쳴 님을……."

"레이쳴 님의 진찰은 내가 알아서 할 테니 그만 신전으로 돌아가라. 어서."

로베스는 억지로 메이샤에게 귀환을 명했다. 그리고는 곧장 아돌프의 집무실을 찾았다.

"어서 오십시오. 그렇지 않아도 저를 찾아오시지 않을까 생각했습니다.”

아돌프는 어느 정도 예상했다는 얼굴로 로베스를 맞았다. 그가 생각하기에도 4개월 전과 지금은 너무나 많은 것이 달라져 있었다.

그동안 레이샤드 일가의 건강을 담당해 왔던 로베스라면 많은 것이 궁금할 수밖에 없었다.

“그렇게 말씀해 주시니 편히 여쭙겠습니다. 영지에 라인하르트라는 마법사가 있는 것으로 알고 있습니다. 그자에 대해 전부 이야기해 주십시오.”

로베스는 라인하르트를 입에 올렸다.

궁금한 게 한두 가지가 아니었지만 그중에서도 죽음의 병을 치료할 수 있는 포션을 만든 라인하르트에 대해 알고 싶었다.

그러자 아돌프는 이번에도 예상했다는 얼굴로 묵묵히 고개를 끄덕였다.

“라인하르트 님은 영지의 손님으로 와 계시는 브론즈 남작가의 일행이십니다. 본래 브론즈 남작가의 가신이셨으나 아베론 영지의 사정을 전해 들으시고는 자청해서 임시로 영지의 마법사로 지내고 계십니다.”

아돌프가 흔들림 없는 목소리로 말했다. 담담한 말투에서 느껴지듯 그의 말에는 일말의 거짓조차 섞여 있지 않았다.

만일 다른 누군가가 그에게 라인하르트에 대해 물었더라

도 같은 대답을 해주었을 것이다.

하지만 로베스는 그것만으로는 만족하지 못하는 얼굴이었다.

대체 라인하르트라는 마법사가 어떤 의도로, 어떻게 죽음의 병을 치료할 수 있는 포션을 만들었는지에 대해서 알아야겠다는 표정이었다.

"라인하르트라는 마법사의 실제 이름은 무엇입니까?"

로베스가 격앙된 목소리로 물었다.

일반적으로 마법사들은 본명을 숨기고 마법 명을 드러내게 마련이다.

마법사들치고 크고 작은 일에 얽매이지 않은 이들이 드물다 보니 불필요한 마찰을 피하기 위해서였다.

로베스는 필시 라인하르트가 대지의 신전과 원한 관계에 있는 마법사 중 하나일 것이라고 여겼다.

그래서 아베론 영지를 관리하고 있는 대지의 신전을 모욕하기 위해 이런 일을 꾸민 것이라고 확신했다.

하지만 아돌프의 입에서 나온 본명은 그의 예상에서 완전히 벗어났다.

"빛의 마탑에서 조사한 바에 따르면 시리우스 님이신 것으로 확인되었습니다."

"시, 시리우스요? 혹시 그 자유 마법사라던……"

"네, 저도 그래서 적잖게 놀랐습니다. 그 명성이 자자하신 자유 마법사 시리우스 님께서 브론즈 남작가의 가신이셨을 줄은 꿈에도 몰랐으니까요."

시리우스라면 로베스도 잘 알고 있었다.

대륙의 어느 마탑과도 깊은 인연을 맺지 않은 자유 마법사.

그러면서도 특별히 신전 세력과도 척을 지지 않은 방랑 마법사.

시리우스는 자유 마법사들에게 있어서 상징과 같은 존재였다. 말 그대로 자유 마법사의 표본이었다.

마탑과 은밀히 연을 이으면서 신전 세력과 다투는 불량한 자유 마법사들과는 차원이 다른 존재였다.

그런데 그가 바로 라인하르트였다니!

로베스는 뭐라 말을 해야 할지 말문이 막혀 버렸다.

솔직히 믿기 어려운 상황이었다. 하지만 감히 아돌프의 말을 의심할 수도 없었다.

그가 겪어온 아돌프는 거짓말이라고는 모르는 사내였다. 게다가 워낙 꼼꼼해 남에게 잘 속는 성격도 아니었다.

그런 자가 빛의 마탑까지 들먹이며 라인하르트의 신분을 공언했다. 그렇다면 라인하르트가 시리우스라는 사실만큼은 진실인 셈이다.

문제는 그다음이다.

라인하르트의 신분이 명확해졌으니 그를 핍박할 만한 명분이 사라져 버린다.

로베스는 라인하르트가 만든 포션으로 인해 아베론 영지와 대지의 신전의 관계가 소원해지는 것을 원치 않았다.

그가 아베론 영지를 담당하는 신관이라서가 아니다. 아베론 영지를 담당함으로 인해 대지의 신전이 받는 막대한 후원 때문이었다.

아베론 영지에까지는 알려져 있지 않지만 제국에 있는 대지의 신관은 최근 들어 그 교세를 빠르게 확장하고 있었다. 그리고 그 이면에는 제국의 은밀한 지원이 숨어 있었다.

대마법사의 출현에 따라 흥망성쇠가 결정되는 마탑과는 달리 신전의 확장은 단순히 신성력만으로 결정되지 않는다.

각 나라가 어떤 신전과 밀접한 관계를 맺느냐에 따라 달라진다.

하르베스 폐황태자가 아베론 영지로 쫓겨나면서 제국 황실에서는 은밀히 아베론 영지를 보살필 신전을 찾았다.

비록 폐황태자라고는 하나 제국의 황족 자격을 유지했으니 죽을 때까지 황족으로서 살 수 있도록 보살펴야 한다는 제국 황실의 자존심 때문이었다.

그러나 칼슈타트 황제의 눈치를 보던 신전들은 저마다 몸을 사렸다.

오직 대지의 신전만이 은밀하게 황실과 접촉해 아베론 영지에 신관을 보내기로 합의했다. 그리고 그 결과 지금은 황실의 지원을 받는 신전이 되었다.

로베스가 죽음의 병에 걸릴지도 모르는 위험을 무릅쓰고 아베론 영지를 찾는 건 다 그러한 이유 때문이었다.

대지의 여신의 가르침도 없지는 않았겠지만 그보다는 제국 황실의 지원을 받는 중앙 신전의 지시를 어길 수 없었기 때문이었다.

그런데 갑작스럽게 나타난 마법사로 인해 이 모든 관계가 깨어질 위기에 처했다.

만에 하나 아베론 영지에서 대지의 신전의 도움을 거절한다면? 그 자체만으로도 제국 황실의 화를 사게 될지 몰랐다.

"제가 알기로 시리우스 님께서는 특정 마탑을 나오지 않으신 것으로 알고 있습니다."

한참을 고심하던 로베스가 어렵게 입을 뗐다. 라인하르트가 시리우스란 사실을 확인한 이상 걸고넘어질 수 있는 건 그의 출신뿐이었다.

자유 마법사라 하더라도 출신은 상당히 중요했다. 어느 마탑을 나왔느냐에 따라 받는 대우가 달라졌다.

거대 마탑을 나온 고위 마법사라면 자유 마법사라 하더라도 준귀족에 버금가는 예우를 받았다.

반면 군소 마탑 출신은 대마법사가 아닌 이상 대접을 받기 어려웠다.

현재 대륙에서 인정받는 거대 마탑은 6개뿐이었다. 그러나 불과 300년 전까지만 해도 대륙에는 총 7개의 거대 마탑이 존재했다.

불의 마탑과 물의 마탑, 바람의 마탑, 번개의 마탑, 대지의 마탑, 빛의 마탑, 어둠의 마탑(암흑 마탑)이 모든 마탑을 아우르는 거대 마탑으로 인정을 받았다.

그러던 게 크로노스 왕국이 무너지면서 암흑 마탑이 자취를 감춰 버렸고 자연스럽게 거대 마탑의 수는 6개로 줄어들었다.

호사가들이 가끔 제국 마탑을 더해 7대 마탑이라 이야기하곤 했지만 나라에 귀속된 제국 마탑의 특성상 다른 거대 마탑들과 동등한 위치에 놓일 수는 없는 노릇이었다.

거대 마탑에 비해 나라나 영지에 귀속된 귀속 마탑은 상대적으로 구속과 제약이 심한 편이었다. 그래서 귀속 마탑 출신의 자유 마법사도 드물었다.

게다가 귀속 마탑 출신 자유 마법사들은 열에 아홉은 중죄를 지은 죄인들이었다. 그러다 보니 자유 마법사들 사이에서도 결코 환영받지 못했다.

거대 마탑에서 떨어져 나온 군소 마탑의 경우도 사정은 크게 다르지 않았다.

마탑의 규모가 거대 마탑에 비할 수 없을 만큼 작다 보니 마법사를 배출해 내는 역량도 부족했다.

그래서 군소 마탑 출신 자유 마법사들은 제 실력조차 인정받지 못하고 천대를 받는 경우가 많았다.

그나마 고위 마법사 이상의 실력을 갖췄다면 모르겠지만 평범한 실력으로는 험난한 대륙에서 자유 마법사로 살아가는 것조차 쉽지가 않았다.

실력도 중요하지만 그보다 인성이나 출신을 따지는 대륙의 풍토 때문이었다.

그런 점에서 거대 마탑 출신이 아닌 시리우스의 경우 인성적인 부분이 약점으로 지적될 수밖에 없었다.

만에 하나 시리우스가 불순한 의도로 포션을 만든 것이라면? 그리고 그 포션의 효과를 잠시 본 것뿐이라면? 아베론 영지에는 더 큰 재앙이 닥치게 될 터였다.

하지만 애석하게도 아돌프는 브론즈 남작가의 사람인 라인하르트를 굳게 믿고 있었다.

"무엇을 걱정하시는지는 잘 알겠습니다. 그러나 그런 문제로 라인하르트 님을 불신할 수는 없는 일입니다. 라인하르트 님은 영지에 손님으로 머물고 계시는 브론즈 남작가의 가신이십니다. 그리고 브론즈 남작가는 오래전부터 아베론 영지와 친분을 쌓아 왔습니다."

"브론즈 남작가와 친분이 있었다는 말씀이십니까?"

"자세한 이야기는 가문의 일이니 차마 말씀드리기 어렵습니다. 다만 한 가지 확신할 수 있는 건 브론즈 남작가의 분들이 아베론 영지와 레이샤드 님께 불순한 의도로 접근했을 리 없다는 점입니다."

아돌프가 냉정하게 잘라 말했다.

로베스가 여지를 남겨두려 했지만 아돌프는 그마저도 용납하지 않았다.

"제게…… 브론즈 남작가에 대해 말씀해 주실 수 없겠습니까?"

로베스가 질문의 대상을 바꿨다.

아베론 영지와 브론즈 남작가가 밀접한 관계라면 라인하르트보다는 브론즈 남작가에 대해 알아보는 게 빠를 것 같았다.

대륙에 존재하는 수많은 가문 중 마탑이나 신전과 얽이지 않은 가문은 거의 없다시피 했다.

그 연관 관계를 잘 살피다 보면 브론즈 남작가가 어느 마탑이나 신전과 관련이 있는지 어렵지 않게 확인할 수 있었다.

로베스는 이번 일에 분명히 또 다른 배후가 있을 것이라고 확신했다. 그리고 그 배후는 대지의 신전이 제국 황실의 지원을 받는 걸 탐탁지 않게 여길 것이라고 짐작했다.

실제로 제국과 연이 닿은 신전들 중 대지의 신전을 부러워하지 않는 신전이 없었다.

그만큼 시기와 질투가 들끓었다. 대지의 신전이 제국과 관련한 모든 이권을 독차지한 탓에 자신들에게까지 기회가 돌아오지 않는다며 항의 서한을 보낸 신전이 한둘이 아닐 지경이었다.

만일 지금의 상황이 백 년, 아니, 50년만 더 지속된다면?

제국에 존재하는 모든 신전이 대지의 신전 앞에 무릎을 꿇게 될지 몰랐다.

그만큼 제국의 중심인 제국 황실의 지원을 받는다는 건 대단한 일이었다. 잠깐 황제의 눈에 드는 것과는 비교도 할 수 없었다.

그래서 로베스는 대지의 신전의 독주를 견제하기 위한 외부 세력이 대지의 신전과 제국 황실의 연결고리인 아베론 영지를 공격한 것이라고 생각했다.

그리고 그 공격의 방법이 자유 마법사 시리우스가 만든 죽음의 병을 치유하는 포션이라고 이해했다.

들기로 아베론 영지에 브론즈 남작가의 사람들이 들어온 게 고작 3개월 전이라고 한다. 그리고 문제의 포션이 만들어진 것은 한 달 전쯤이라고 했다.

무려 100년이 넘는 시간 동안 대지의 신전은 죽음의 병을 이겨내기 위한 포션 연구를 해왔다.

하지만 실패했다.

당연히 대지의 신전조차 만들어내지 못한 포션을 고작 2개월 만에 만들어내지는 못했을 것이다. 그것은 말도 되지 않는 일이었다.

결국 배후의 누군가가 오래전부터 일을 꾸몄다가 포션이 어느 정도 완성된 시점에서야 아베론 영지에 마수를 뻗었을 가능성이 농후했다.

로베스는 어떻게든 그 배후를 알고 싶었다. 이번 일의 배후를 알아야만 대지의 중앙 신전에 알려 대책을 마련할 수 있기 때문이었다.

그러나 이번에도 아돌프가 해줄 수 있는 이야기는 많지 않았다.

"앞서 말씀드렸듯 자세한 것은 말씀드릴 수 없습니다. 다만 제국의 가문인 것으로 알고 있습니다."

아돌프가 아는 대로 답해주었다.

그러나 그것만으로도 충분하다는 듯 로베스는 날카롭게 눈을 빛냈다.

"그러니까 제국의 귀족이란 말씀이시군요."

로베스는 그 한마디로 이번 일의 배후가 제국에 속해 있음을 확신했다. 그렇지 않고서야 이런 궁색한 영지에 제국의 귀족이 방문했을 리가 없었다.

문제는 제국의 어느 쪽과 손을 잡았느냐는 것이다.

'설마 황실에서 나서진 않았을 테고……. 황제 쪽일까? 아니면 대귀족들? 아니야, 어쩌면 황실의 누군가가 일을 꾸민 것일지도 몰라.'

로베스는 모든 가능성을 열어두었다.

어느 한쪽으로 몰아가기에는 가지고 있는 정보가 하나도 없었다.

일단 심증으로는 황제 쪽이 의심이 갔다. 현 황제인 칼슈타트 황제는 제국 황실의 인정을 받지 못하고 있었다.

정통성을 짓누르고 힘으로 황위를 차지했다는 게 주된 이유였지만 은연중에 도는 소문 때문이었다.

어디서부터 흘러나왔는지는 모르겠지만 몇 해 전부터 제국에는 선황제인 카르미스 황제를 독살한 게 현 황제인 칼슈타트 황제일 것이란 말들이 나돌았다.

처음에는 근거 없는 헛소문이라는 의견이 주를 이루었지만 문제의 소문이 끊이지 않고 이어지면서 뭔가 있는 게 아니겠느냐는 의견이 점점 힘을 얻고 있는 추세였다.

이 같은 소문을 잠재우기 위해 칼슈타트 황제는 소문을 함부로 입에 올린 이들을 본보기로 처형하기까지 했다.

하지만 소문은 쉽게 가라앉지 않았다. 오히려 칼슈타트 황제가 진실을 덮기 위해 백성들을 억압하는 것이라며 비난의 목소리만 높아졌다.

자연스럽게 제국의 귀족들도 하나둘씩 칼슈타트 황제에게 등을 돌렸다.

처음부터 정통성을 내세우지 못한 탓에 지지 기반이 턱없이 약했지만 지금에 이르러 칼슈타트 황제의 곁에는 극소수의 심복들만이 남은 상태였다.

거기에 제국의 황실에서는 칼슈타트 황제가 황위에 오른 이후로 끊임없이 황제를 견제해 왔다.

특히나 황실을 이끌고 있는 로베르토 대공은 칼슈타트 황제의 아들들이 황태자로 임명되는 걸 반대하며 정통성 회복의 기치를 높였다.

만일 이런 정세가 아베론 영지에까지 미친 것이라면 갑작스럽게 나타난 브론즈 남작가도 충분히 의심해 볼 만했다.

현재로서는 칼슈타트 황제의 사주를 받았을 가능성도 배제하기 어려웠다. 아니, 오히려 높아 보였다.

제국 황실이 대지의 신전을 끼고 도는 걸 못마땅해했을 테니 이번 기회를 통해 제국 황실과 대지의 신전 사이를 갈라놓으려 한 것인지도 몰랐다.

하지만 꼭 칼슈타트 황제의 짓이라고 단정 짓긴 어려웠다. 안팎으로 궁지에 몰린 칼슈타트 황제가 아베론 영지까지 신경을 쓴다는 건 상식적으로 어려운 일이었다.

그렇다면 칼슈타트 황제와 제국 황실의 싸움을 부추기기 위한 대귀족들의 장난일 수도 있었다.

칼슈타트 황제와 제국 황실의 사이가 나빠질수록 반사 이익을 누리고 있는 건 공교롭게도 제국의 대귀족들이었다.

어쩌면 지금의 분위기를 조금 더 끌고 가려는 목적으로 칼슈타트 황제의 짓인 것처럼 꾸며서 제국 황실의 심기를 건드리기 위해 아베론 영지를 뒤흔드는 것인지도 몰랐다.

물론 제국 황실 내부의 일일 수도 있었다. 제국 황실에서는 정통성을 지켜야 한다는 입장만큼이나 현 황제인 칼슈타트 황제에게 힘을 실어줘야 한다는 의견도 적지 않은 상황이었다.

비록 그들이 구심점이 없어 제 목소리를 내지 못하고 있긴 하지만 그들이 지닌 힘만큼은 결코 무시할 수가 없었다.

그러다 보니 칼슈타트 황제의 지지 세력들이 제국 황실과 대지의 신전 간의 연결 고리를 끊기 위해서 벌인 일일 가능성도 완전히 배제하기 어려운 상황이었다.

그러나 중요한 것은 어느 쪽이든 대지의 신전 입장에서는 위기라는 사실이었다.

만에 하나 이대로 아베론 영지와의 관계가 소원해지기라도 한다면? 아베론 영지가 다른 신전을 끌어들이기라도 한다면?

제국 황실에서 받던 막대한 지원도 물거품이 되고 말 것이다.

"아돌프 님, 도와주십시오."

로베스가 자리에서 일어났다. 그리고는 아돌프 앞에 넙죽 몸을 엎드렸다.

"로, 로베스 님!"

순간 당황한 아돌프가 냉큼 달려와 로베스를 부축하려 했다. 하지만 로베스는 자신의 청을 들어주기 전까지는 꼼짝도 하지 않겠다는 듯 몸에 단단히 힘을 주었다.

"어서 일어나십시오. 대체 왜 이러십니까!"

아돌프가 재차 로베스를 달랬다.

솔직히 말해 로베스가 어째서 이러는지 조금도 이해가 가지 않는다는 표정이었다.

그러나 답답하기는 로베스도 마찬가지였다. 아돌프는 현재 라인하르트와 브론즈 남작가에 대해 아무런 경각심조차 느끼지 못하고 있었다.

그런 아돌프를 억지로라도 움직이기 위해서는 자존심을 버려야 했다.

"아돌프 님, 제발 도와주십시오. 부탁드립니다."

로베스가 다시 간청 어린 목소리로 말했다. 그의 음성이 어찌나 절절하게 들리던지 아돌프가 죄책감을 느낄 정도였다.

그러나 아돌프는 신중했다. 로베스가 신관이고 그의 처지가 딱하다고 해서 무작정 도와주겠다는 말은 할 수가 없었다.

그는 아베론 영지의 총관이기 이전에 하르베스 폐황태자 일가의 유일한 가신이다. 그의 섣부른 한마디가 레이샤드에게 누를 끼치게 될 수도 있었다.

"일어나십시오. 그리고 천천히 말씀해 보십시오."

아돌프가 대화로써 문제를 풀어가자는 뜻을 내비쳤다. 그러나 로베스는 어떻게든 아돌프의 입을 통해 확답을 받고 싶어 했다.

"아돌프 님, 저와 대지의 신전을 도와주실 수 있는 분은 아돌프 님뿐입니다."

로베스는 오래전부터 아베론 영지의 실질적인 주체가 아돌프라고 생각했다. 레이샤드는 영주 노릇을 하기에 너무 어렸다.

게다가 그를 훈육해 줄 하르베스 폐황태자도 없는 상황이었다.

결국 레이샤드가 영주로서 제 목소리를 내기 위해서는 족히 수년은 더 걸릴 터.

그전에 아돌프를 자신의 편으로 만들어놓아야 한다고 생각했다.

하지만 근래 들어 아베론 영지의 운영은 레이샤드의 뜻에 따라 이루어지고 있었다.

비록 레이샤드의 곁에서 엘리자베스가 힘을 보태고 있긴 하지만 아돌프나 관리들이 봤을 때 레이샤드가 영주의 역할을 하나씩 찾아 해나가는 것처럼 보였다.

이런 상황에서 아돌프가 해줄 수 있는 말은 많지 않았다.

"정 그러시다면 제가 영주님을 모셔 오겠습니다. 잠시만 기다려 주십시오."

보다 못한 아돌프가 재빨리 집무실을 빠져나갔다. 예상치 못한 반응에 놀란 로베스가 다급히 만류하려 했지만 아돌프는 이미 방을 나서 버렸다.

"후우……."

뜻대로 풀리지 않는 상황이 당혹스러운 듯 로베스가 무겁게 한숨을 내쉬었다.

하지만 그는 끝내 자리에서 일어나지 않았다.

누구라도 좋으니 대지의 신전과의 관계를 단절하지 않겠다는 확답을 받아 내야 마음을 놓을 수 있을 것 같았다.

제24장

정기 검진 Part 2

1

아돌프가 로베스와 대화를 나눌 무렵, 레이샤드는 엘리자
베스와 함께 집무실로 돌아와 있었다.

그리고 그 자리에는 아르메스도 함께했다.

"레이, 대지의 신전에 대해 어떻게 생각해요?"

레이샤드를 바라보며 엘리자베스가 넌지시 운을 뗐다.

헬레나의 완쾌 소식에 레이샤드가 기뻐하고 있다는 걸 모
르지는 않지만 이런 때일수록 영주로서의 입장을 명확하게
할 필요가 있었다.

"그게 무슨 말이에요?"

레이샤드가 이해하기 어렵다는 얼굴로 고개를 갸웃거렸다. 그러자 엘리자베스를 대신해 아르메스가 조심스럽게 입을 열었다.

"영주님, 이제 대지의 신전과 관계를 정리해야 할 때라고 생각합니다."

아르메스는 말을 돌려 하는 성격이 아니었다. 마계에서 수많은 마신을 섬길 때에도 그는 늘 직언(直言)을 아끼지 않았다.

하지만 레이샤드는 갑작스러운 엘리자베스와 아르메스의 말이 그저 당혹스럽기만 했다.

"지금까지 대지의 신전과 좋은 관계를 유지해 왔는데 정리를 해야 하다니요?"

내색하지 않았지만 레이샤드는 대지의 신전에 늘 고마움을 가지고 있었다. 이토록 궁색한 영지에 신관을 파견하는 건 대륙에서 오직 대지의 신전뿐이었다.

만일 로베스가 4개월마다 한 번씩 아베론 영지를 찾아와 주지 않았다면 헬레나가 지금까지 버티진 못했을 것이다.

헬레나를 닮아 병약한 체질인 레이첼도 지금처럼 건강하게 지내는 게 불가능했을 것이다.

그러나 아르메스는 아베론 영지의 주인으로서 옛 정에 얽매여서는 안 된다고 조언했다.

"영주님께서도 아시다시피 아베론 영지에는 지금껏 대지의 신전의 손길만이 미쳤습니다. 빛의 마탑에서 마법진을 관리해 왔긴 했지만 그들은 영주님 일가의 건강과 관련해서는 전혀 관여하지 않았지요. 그것이 대지의 신전의 역할이라는 걸 인정했기 때문입니다."

수많은 대륙민은 기사와 마법사를 가장 앙숙으로 여긴다.

검과 마법이라는 두 무력의 대표 집단이다 보니 서로에 대해 시기와 질투가 크다고 판단한 것이다.

하지만 정작 진짜 앙숙 관계는 따로 있었다.

바로 마탑과 신전.

마법과 신성력이라는, 어찌 보면 출발점이 같은 힘을 놓고 힘겨루기를 하다 보니 대륙 곳곳에서 사사건건 충돌할 수밖에 없었다.

만일 제국의 중재가 없었다면 아베론 영지에도 빛의 마탑과 대지의 신전 간 힘겨루기가 벌어졌을 것이다.

그러나 다행히도 빛의 마탑은 마법진을, 대지의 신전은 영주 일가를 돌보는 것으로 서로 합의를 마쳤다. 그 덕분에 지금껏 평화적인 관계를 유지할 수 있었다.

그러던 게 브론즈 남작가와 라인하르트가 등장하면서 상황이 꼬여 버렸다.

빛의 마탑에서는 라인하르트의 마법적 능력을 인정하고

한발 물러서는 자세를 취했다.

대륙에 8레벨을 완성시킨 마법사가 라인하르트 하나뿐이다 보니 감히 그를 적으로 돌릴 생각을 품지 못했다.

라인하르트도 빛의 마탑과 적당히 공존할 것을 약속했다. 빛의 마탑이 원하는 건 아베론 성에 펼쳐놓았던 마기 흡수 마법진.

라인하르트가 레이샤드에게 위임받은 권리로 적당한 대가를 받고 마기를 판매하기로 한 만큼 당분간 빛의 마탑과 충돌할 일은 없어 보였다.

문제는 대지의 신전이다.

마법 실험의 부산물이라곤 하나 라인하르트는 대지의 신전에 한마디 양해도 구하지 않고 그들의 영역을 건드렸다.

그리고 헬레나의 병은 물론이고 죽음의 병에 시달리던 영지민들까지 싹 고쳐 버렸다.

노동력이 절대적으로 중요한 아베론 영지를 생각했을 때 라인하르트의 결정은 당연하고도 타당한 조치였다. 하지만 대지의 신전 입장에서는 불필요한 참견으로 느껴질 수밖에 없었다.

아르메스는 나직한 목소리로 신전과 마탑과의 관계에 대해 설명했다. 그리고 중간에 끼어버린 브론즈 남작가와 라인하르트의 입장도 덧붙였다.

"그러니까 대지의 신전과 관계를 계속 유지하면 라인하르트의 도움을 받지 못하게 될 수 있다는 말이죠?"

레이샤드는 용케도 죽음의 병을 둘러싼 대립 상황을 파악했다.

"그렇습니다, 영주님. 그렇기 때문에 지금이라도 대지의 신전과 적당히 거리를 두실 필요가 있습니다."

아르메스가 다시 한 번 정중히 권했다.

대안이 있다면 또 모르겠지만 지금으로서는 대지의 신전 세력과 선을 긋는 게 최선이었다.

"어렵네요."

레이샤드는 쉽게 결정을 내리지 못했다. 많이 성장했다고는 하지만 아직 어린 레이샤드에게는 결코 간단하지 않은 문제였다.

마탑과 신전이 그토록 사이가 좋지 않았다는 것도 처음 알았지만 그보다는 갑작스럽게 대지의 신전과 관계를 정리해야 한다는 사실이 고민일 수밖에 없었다.

물론 레이샤드도 브론즈 남작가와 라인하르트를 포기할 생각은 추호도 없었다.

이들은 시험의 궁이 자신에게 선물한 조력자나 마찬가지였다. 그런 절대적인 우군을 버리고 대지의 신전의 편을 든다는 건 말이 되지 않았다.

하지만 지금껏 아베론 영지를 위해 헌신해 왔던 대지의 신전의 공을 이대로 무시할 수도 없는 노릇이었다.

일반적으로 영지를 운영하기 위해서는 마탑보다 신전의 도움이 더 필요했다.

신전은 단순히 치료의 목적뿐만 아니라 영지민들이 심적인 위로를 받는 곳이었다. 그래서 아베론 영지의 영지민들 상당수가 대지의 여신을 섬기고 있었다.

그런 때에 일방적으로 대지의 신전과 관계를 끊어버린다면 영지민들에게 혼란을 줄 수 있었다.

"대지의 신전과 함께 잘 지낼 수 있는 방법은 없을까요?"

레이샤드가 엘리자베스에게 눈을 돌렸다.

아베론 영지의 어려운 일들을 처리하는 데 많은 지혜를 빌려준 엘리자베스라면 이번에도 좋은 방법을 생각해 줄 것이라 여겼다.

하지만 제아무리 엘리자베스라 하더라도 대지의 신전과의 공존은 어려운 일이었다.

"대지의 신전에서 단순히 종교적인 역할로 만족한다면 관계를 유지해도 상관없어요. 하지만 과연 그들이 그 제안을 받아들일지는 의문이에요."

엘리자베스가 내키지 않는다는 얼굴로 말했다.

자연스럽게 레이샤드의 입가에도 무거운 한숨이 흘러나

왔다.

그때였다.

"영주님, 아돌프입니다."

문밖에서 아돌프의 목소리가 들려왔다.

"어서 들어오세요."

레이샤드가 반색하며 아돌프를 맞았다.

경험 많은 아돌프라면 대지의 신전과 관련된 문제에 대해 좋은 해법을 가지고 있을지도 모른다는 생각이 들었다.

그러나 정작 집무실 안으로 들어온 아돌프의 표정은 편치가 않아 보였다.

"왜 그래요? 무슨 일이 있어요?"

레이샤드의 얼굴이 덩달아 걱정스럽게 변했다. 그러자 아돌프가 길게 숨을 고르더니 레이샤드에게 로베스와 있었던 일들을 차분히 설명해 나갔다.

"그러니까 로베스 신관이…… 영지에서 라인하르트 님을 내보내길 원하고 있다는 말인가요?"

전후 사정을 전해 들은 레이샤드의 표정이 어두워졌다.

아르메스를 통해 신전과 마탑과의 관계를 이해하긴 했지만 그렇다고 이토록 노골적으로 불만을 드러낼 것이라고는 미처 생각하지 못한 얼굴이었다.

그렇다고 해서 로베스가 원하는 대로 브론즈 남작가와 라인하르트를 영지 밖으로 내보낼 수는 없는 일이었다.

"아돌프 경의 생각은 어때요?"

레이샤드가 아돌프의 뜻을 물었다. 그러자 잠시 망설이던 아돌프가 대답했다.

"현재로서는 대지의 신전과 관계를 정리하는 게 최선이라고 생각합니다."

만일 아돌프가 아직까지도 브론즈 남작가를 의심하고 있다면 아마 상당한 고심을 했을 것이다.

하지만 지금은 브론즈 남작가가 레이샤드의 정혼 가문이라는 사실을 철석같이 믿고 있는 상황이었다. 당연히 브론즈 남작가의 관계를 최우선으로 생각할 수밖에 없었다.

"그것 이외에 다른 방법은 없는 건가요?"

레이샤드는 쉽게 미련을 떨치지 못했다.

조금 더 생각해 보면 분명 좋은 대안이 나올 것만 같았다.

하지만 아돌프는 냉정하게 고개를 흔들었다.

"로베스 님이 원하는 것은 지금의 관계를 유지하는 것입니다. 아울러 라인하르트 님은 물론 브론즈 남작가가 영지 밖으로 나가는 것입니다. 그 조건을 받아들이면서까지 대지의 신전과 관계를 유지할 이유는 없습니다."

"이유가…… 없다."

"마음이 불편하신 것 잘 알고 있습니다. 하지만 이런 때일

수록 냉정하셔야 합니다. 영주는 언제나 영지의 이익을 최우선으로 고려해야 하니까요."

"영지의 이익……."

무겁게 한숨을 내쉬던 레이샤드가 이내 고개를 끄덕였다. 아돌프의 조언이 옳았다.

대지의 신전과의 인연도 중요했지만 그보다는 아베론 영지의 이익이 먼저였다.

게다가 엘리자베스와 아르메스는 물론이고 아돌프마저 같은 생각을 가지고 있었다. 그렇다면 대지의 신전과 연을 끊는 게 옳은 일인지도 몰랐다.

중요한 건 그토록 중요한 문제를 직접 해결해야 한다는 것이다. 단순한 통보만으로 대지의 신전과의 관계를 끊어버리는 건 아무래도 예의에 어긋나는 일이었다.

"아르메스, 로베스 님을 이곳으로 데려와 주세요."

마음의 결정을 내린 듯 레이샤드가 아르메스를 바라봤다. 그러자 아르메스가 가볍게 고개를 숙이고는 뒷걸음질을 치며 집무실을 나섰다.

그로부터 잠시 후.

아르메스와 함께 로베스가 집무실 안으로 들어 왔다.

"영주님! 이렇게 간청드립니다. 부디 대지의 신전과의 인연을 헤아려 주십시오. 제발."

로베스는 레이샤드를 보기가 무섭게 바닥에 납작 엎드렸다.

아돌프를 회유하지 못했으니 어떻게든 레이샤드의 마음을 돌려야겠다는 생각에 몸이 먼저 움직인 것이다.

만일 다른 때 같았다면 레이샤드는 놀란 얼굴로 로베스를 일으켜 세우려 했을 것이다.

하지만 이미 어쩔 수 없음을 알게 된 탓일까.

레이샤드는 질끈 입술을 깨물었다.

로베스의 바람대로 휘둘려서는 안 된다며 스스로를 붙잡았다.

"로베스 님께서 영지를 위해 일해주신 것에 대해서는 고맙게 생각하고 있습니다. 하지만 아베론 영지는 이미 브론즈 가문으로부터 많은 도움을 받고 있습니다. 또한 앞으로도 브론즈 가문과 좋은 관계를 이어 갈 생각입니다. 이 점을 이해해 주셨으면 좋겠습니다."

레이샤드가 애써 침착한 목소리로 통보했다.

로베스는 질끈 입술을 깨물었다.

브론즈 가문과 관계를 유지하겠다는 말 자체가 대지의 신전과 인연을 정리하겠다는 말이나 다름없었다.

"영주님! 다시 생각해 주십시오!"

로베스가 재차 청했다.

그렇게 목 놓아 부르짖으면 무엇이라도 달라질 것이라 기대했다.

그러나 레이샤드의 뜻은 변함이 없었다.

대지의 신전이 한발 물러서서 신전으로서의 역할에만 최선을 다한다면 또 모르겠지만 지금처럼 아베론 영지에 영향력을 행사하도록 내버려 둘 수는 없는 노릇이었다.

"다시 생각해도 제 마음은 달라지지 않습니다. 그러니 로베스 님도 자리에서 일어나세요."

레이샤드가 다소 냉정하게 말했다.

그 말이 로베스에게는 더 이상 추태를 부리지 말라는 경고처럼 들렸다.

"크윽!"

로베스가 치미는 감정을 되삼키며 자리에서 일어났다. 그리고는 시뻘게진 눈으로 레이샤드를 노려보았다.

"영주님께서 이러실 수는 없습니다. 대지의 신전이 아베론 영지를 돌본 게 벌써 13년입니다. 그런데 고작 저들 때문에 멀리하시겠다니요! 이는 있을 수 없는 일입니다!"

더 이상의 감정적인 설득은 어렵다는 생각이 들었던지 로베스가 자신도 모르게 언성을 높였다.

신관들은 마법사들 못지않게 언변이 뛰어난 편이었다. 신관이라는 이유로 평소에는 몸을 낮추고 살지만 때가 되면 자신들도 모르게 본성이 튀어나오게 마련이었다.

그러나 애석하게도 그 어떤 이성적인 말로도 레이샤드와 브론즈 남작가의 사이를 갈라놓을 수는 없었다.

"그렇다면 좋습니다. 영지에 작은 신전을 세워 드리겠습니다. 그것으로 만족하실 수 있으시겠습니까?"

레이샤드가 마지막으로 제안을 했다.

본래라면 로베스가 먼저 청을 하길 바란 내용이었지만 영주로서 먼저 아량을 베풀 필요가 있었다.

하지만 로베스에게는 그 말이 인연을 끝내자는 말보다 더욱 치욕적으로 들렸다.

"영주님!"

로베스의 언성이 높아졌다. 그러자 아돌프가 더 이상의 무례는 용납하지 않겠다는 듯 로베스의 앞을 가로막았다.

하지만 레이샤드는 괜찮다며 가볍게 손을 들어 올렸다. 이 정도 일도 감당하지 못하고 주변의 도움을 구한다면 영주로서 자격이 없었다.

"크윽!"

너무나 태연한 레이샤드의 모습을 보며 로베스는 다시 침음성을 흘렸다. 자신의 반발에 레이샤드가 흔들리길 바랐지만 소용없었다.

오히려 레이샤드의 결심이 굳어졌다면 더 이상 설득의 의미가 없었다.

그렇다면 최소한의 자존심이라도 챙겨야 했다. 나중에 중앙 신전 앞에서 변명이라도 할 수 있도록.

"영주님, 오늘의 결정을 후회하시게 될 겁니다."

독한 한마디를 남기며 로베스가 집무실을 박차고 나갔다.

"아르메스, 그래도 손님이니 끝까지 배웅해 주세요."

레이샤드가 보다 성숙한 마음으로 로베스를 챙겼다.

"마차를 준비하겠습니다."

아르메스는 로베스를 배려해 마차를 준비시켰다. 그가 타고 온 마차는 메이샤를 태우고 먼저 대지의 신전으로 떠난 상황이었다.

로베스도 아베론 영지의 마지막 배려를 굳이 마다하지 않았다. 그동안 고생한 게 억울해서라도 그 정도 배려는 충분히 받아야겠다고 여겼다.

잠시 후 로베스의 앞에 사두마차가 도착했다.

"그럼 살펴 가십시오."

아르메스가 로베스를 향해 가볍게 고개를 숙였다.

그런 아르메스를 매섭게 노려본 뒤에 로베스가 마차에 몸을 실었다.

"이랴!"

마부가 있는 힘껏 채찍을 휘둘렀다.

그렇게 아베론 성을 빠져나간 마차가 남쪽으로 빠르게 내달리기 시작했다.

2

"레이, 차라리 이번 기회에 영지에 신전을 세우는 게 어때요?"

어수선했던 분위기가 정리될 무렵 엘리자베스가 넌지시 말을 꺼냈다.

"신전이라니요? 혹시 영지 신전을 말씀하시는 것입니까?"

레이샤드를 대신해 아돌프가 물었다. 그러자 엘리자베스가 가볍게 고개를 끄덕였다.

대륙 곳곳에는 각 신전이 건설한 예배소와 치료소가 즐비해 있었다.

대륙민들은 기도원과 치료소를 한데 묶어 신전이라 부르지만 엄밀히 말해 신전이라 불릴 만한 규모를 갖춘 신전은 대륙에 그리 많지 않은 실정이었다.

신전이 들어서려면 최소한 백작령 이상의 규모를 갖춰야 했다.

백작령 이하의 영지들은 아베론 영지처럼 신전 세력과 연을 맺고 그들이 파견해 주는 신관에 만족할 수밖에 없었다.

아베론 영지의 현 규모상 신전을 세운다는 건 다소 무리한 발상이었다.

설사 신전을 세운다 하더라도 신전 세력이 들어오지 않을 가능성이 높았다.

특히나 대지의 신전 쪽과 일방적으로 결별했으니 다른 신전 세력들이 불쾌해할 게 뻔했다.

이런 때에 신전을 세운다면 결국 영지의 독자적인 신전 체계를 갖추는 수밖에 없었다.

신전이라고 해서 무조건 신전 세력에 소속되는 것은 아니었다. 대륙에 자유 마법사가 존재하듯 자유 신관들도 적잖게 존재하는 상황이었다.

대륙에는 특정 신전의 영향력을 용납하지 않는 강성한 영지들도 적지 않았다.

강성 영주들은 영지 내에 자유 신관을 영입하고 그들로 하여금 민심을 안정시키는 데 집중하게 했다. 대신 영주 일가나 영지에 대한 간섭은 일절 금했다.

엘리자베스는 아베론 영지에도 영지 직속 신전을 세우자고 제안했다. 그래서 그들로 하여금 대지의 신전을 대신해 민심을 돌보자고 말했다.

"그게 가능한 일일까요?"

레이샤드가 아돌프를 바라보며 물었다. 그러자 잠시 망설이던 아돌프가 천천히 고개를 끄덕였다.

"현재 영지의 규모를 감안했을 때 작은 기도원과 치료소를 세우는 정도라면 괜찮을 것 같습니다."

아베론 영지의 인구수는 고작 천여 명에 불과했다. 그러나 신전은 확실히 필요했다.

백작령 이상의 영지들이 보유한 번듯한 신전까지는 무리가 있겠지만 기도원과 치료소를 운영하는 정도라면 아베론 영지의 입장에서 크게 어려울 게 없었다.

하지만 엘리자베스는 고작 작은 기도원과 치료소를 만들기 위해 신전이라는 말을 꺼낸 게 아니었다.

"아니요. 가급적이면 번듯한 신전을 세웠으면 해요."

엘리자베스가 아돌프의 말을 자르듯 말했다.

아베론 영지는 장차 북부 대륙의 중심지로 성장할 것이다.

그렇다면 당연히 그에 걸맞은 신전을 세우는 게 나았다.

"엘리자베스 님, 외람된 말씀입니다만 저희 영지에 신전은 어울리지 않습니다."

아돌프가 나직한 목소리로 엘리자베스를 설득했다. 엘리자베스가 신전에 대한 이해가 부족해 과욕을 부리는 것이라고 생각했다.

그러나 엘리자베스는 뜻을 굽히지 않았다.

"아돌프 경, 아베론 영지가 언제까지 지금처럼 작은 영지로 남아 있기를 바라시나요?"

"……예?"

"아베론 영지는 앞으로 더욱 성장할 거예요. 그때를 대비하기 위해서는 미리 신전을 세워두는 편이 낫지 않겠어요?"

엘리자베스는 아베론 영지의 성장 가능성을 언급했다. 하루가 다르게 발전하고 있는 아베론 영지를 현재에 얽매어둘 수는 없는 노릇이었다.

그 점에 대해서 아돌프도 어느 정도는 공감을 했다. 그러나 그렇다고 해서 영지의 절대적인 인구수를 무시할 수는 없었다.

"엘리자베스 님, 일반적으로 신전을 세우는 건 백작령 이상의 규모를 갖춘 영지에나 가능한 일입니다. 현재 아베론 영지의 인구수는 천 명을 조금 넘는 정도입니다. 인구수를 감안하자면 기도원과 치료소를 세우는 것으로도 충분합니다."

아돌프가 인구수를 예로 들며 반박했다.

당장 아베론 영지의 인구가 수십 배로 늘어나지 않는 이상에야 번듯한 기도원과 치료소를 운영하는 게 영지민들을 위해서도 좋은 일이었다.

하지만 엘리자베스는 끝까지 고집을 꺾지 않았다.

"신전 건립에 들어가는 모든 비용은 브론즈 남작가에서 내놓겠어요. 그러니 제 뜻에 따라주셨으면 해요."

엘리자베스의 강수에 아돌프도 순간 말문이 막혀 버렸다. 아베론 영지의 재화가 지출되는 것도 아니고 브론즈 남작가에서 신전을 지어주겠다는 데 솔직히 마다할 이유는 없었다.

그러나 문제는 비용만이 아니었다. 신전을 운영하기 위해서는 영지의 입장을 잘 헤아려 줄 수 있는 신관들이 필요했다.

그것도 엘리자베스의 고집대로 대규모 신전을 짓겠다면 족히 수십 명은 있어야 할 것 같았다.

그뿐만이 아니다.

신전 세력에서 신전을 운영하는 경우라면 그에 따른 모든 비용을 신전 세력이 담당한다.

하지만 신전이 영지에 귀속된 경우는 달랐다. 신전에 필요한 재화를 영지에서 내주어야 했다.

신전은 마탑 못지않게 운영비가 많이 지출되기로 유명했다. 만일 신전의 규모가 커져서 수십 명의 신관을 거느리게 된다면 아베론 영지의 재정이 적잖게 타격을 입을 게 뻔했다.

"엘리자베스 님, 단순히 신전을 건설한다고 해서 모든 문제가 해결되지는 않습니다."

아돌프가 걱정스런 목소리로 말했다. 그러자 엘리자베스가 기다렸다는 듯이 말을 덧붙였다.

"추후 신전 운영에 대한 모든 운영비 또한 브론즈 남작가에서 지불하겠어요. 그럼 된 거죠?"

순간 아돌프가 입을 쩍 하고 벌렸다.

설마하니 엘리자베스가 이렇게 강경하게 나올 줄은 예상하지 못한 얼굴이었다.

신전의 틀을 갖춘 어지간한 소형 신전의 경우 한 해 운영비만 해도 수천 골드에 이른다.

만일 신전의 규모가 그보다 커질 경우 그에 따른 운영비도 늘어날 수밖에 없었다.

그러나 엘리자베스는 그 모든 지출을 홀로 감당하겠다는 표정이었다. 그만큼 신전에 대한 엘리자베스의 애착은 강했다.

"하아……."

아돌프가 무겁게 한숨을 내쉬었다. 그로서는 더 이상 엘리자베스를 설득할 여력이 남아 있지 않았다.

"레이의 생각은 어때요?"

엘리자베스의 시선이 레이샤드에게 향했다.

아베론 영지의 최종 결정권자는 레이샤드였다. 엘리자베

스가 대규모 신전을 지으려 해도 레이샤드가 허락하지 않으면 세울 수가 없었다.

다행히도 레이샤드는 엘리자베스가 말했던 큰 꿈을 가지라는 조언을 잊지 않고 있었다.

"기왕 신전을 세우는 것이라면 번듯하게 세우는 게 좋을 거 같아요."

레이샤드가 엘리자베스의 뜻에 동참했다. 기도원과 치료소만 세우는 것보다는 대지의 신전을 대신할 만한 영지의 신전이 들어서는 편이 나을 것 같았다.

"영주님의 뜻이 그러하시다면 따르겠습니다."

아돌프도 군말없이 고개를 끄덕였다.

어차피 아베론 영지 입장에서는 돈 한 푼 들이지 않고 새로운 신전이 생기는 상황이었다. 영지를 위해서도 나쁜 일은 아니었다.

"그럼 그렇게 알고 진행하도록 하겠습니다."

엘리자베스를 대신해 아르메스가 가볍게 고개를 숙였다. 대지의 신전과 관계를 끊기로 결정한 순간부터 새로운 신전 건립에 대한 일은 아르메스가 맡기로 이야기가 된 상황이었다.

"아돌프 경도 영지에서 필요한 게 있으면 아끼지 말고 도움을 주도록 하세요."

레이샤드가 아돌프에게도 신신당부를 했다.

"알겠습니다. 영주님."

아돌프가 당연하다는 듯 고개를 숙였다.

그렇게 아베론 영지에 새로운 신전 건립이 시작되었다.

제25장

어둠의 신전을 세워라 Part 1

1

아베론 영지 남부에 있는 대지의 신전으로 돌아간 로베스
는 즉시 중앙 신전인 대신전에 아베론 영지에서 있었던 사실
을 고했다.

소식을 전해 들은 대신전은 발칵 뒤집어졌다.

아베론 영지와 긴밀한 관계를 유지하는 게 제국 황실의 지
원을 받을 수 있는 유일한 방법이었던 만큼 대책 마련에 열을
올렸다.

"대신관을 파견해서라도 아베론 영지의 뜻을 돌려놓아야
합니다."

"제 생각도 같습니다. 이대로 아베론 영지를 포기할 수는 없는 노릇입니다."

대신전에 모인 성신관(신관들 중 가장 높은 지위로 성신관들 중 한 명이 돌아가며 교왕의 자리에 앉는다)들이 한 목소리로 말했다.

지금 이 난국을 헤쳐 나갈 수 있는 유일한 방법은 대지의 신전이 아베론 영지의 불만을 달래는 것뿐이었다.

로베스는 지나치게 대지의 신전의 입장만을 강조했다. 그러나 경험 많은 성신관들은 필요하다면 아베론 영지에 허리를 굽힐 줄도 알아야 한다며 뜻을 모았다.

로베스의 보고대로 갑작스럽게 브론즈 남작가와 마법사가 끼어들었다는 사실은 불쾌할 노릇이지만 그들로 인해 죽음의 병을 이겨낼 방도가 생겼다면 지금까지의 인연만을 강조해 봐야 아무런 도움이 되질 않았다.

"그런데 대체 브론즈 남작가가 어떤 가문입니까?"

성신관들 중 하나가 물었다.

그러자 성신관들이 하나같이 고개를 갸웃거렸다. 그들 중 누구도 브론즈 남작가에 대해 기억해 내지 못했다.

"브론즈 남작가가 아베론 영지와 관련이 있는 가문이라는 사실은 틀림없어 보입니다."

"문제는 그 브론즈 남작가의 배후에 누가 있느냐는 점이겠지요."

성신관들도 로베스와 비슷한 생각을 가졌다. 누군가가 브론즈 남작가를 움직여 아베론 영지와 대지의 신전 사이를 이간질하려는 게 틀림없다고 여겼다.

"일단 브론즈 남작가에 대해 조금 더 알아보는 게 좋겠습니다. 브론즈 남작가에 대한 대책은 그다음에 논의해도 늦지 않을 것입니다."

대지의 신전의 교왕이 웅성거리는 분위기를 다잡았다. 그의 말처럼 브론즈 남작가에 대한 정체가 파악되지 않은 상황에서 섣불리 대책을 논의해 봐야 도움이 될 것 같지 않았다.

"그럼 일단은 아베론 영지를 달래는 일부터 시작하시지요."

성신관 중 하나가 상황을 정리했다. 그의 말에 교왕이 가볍게 고개를 끄덕였다.

2

같은 시각.

대지의 신전과 아베론 영지의 관계가 틀어졌다는 소식은 제국 황실의 실질적인 수장인 로베르토 대공의 귀에도 들어갔다.

"브론즈 남작가라, 뭔가 알고 있는 게 있느냐?"

로베르토 대공이 뒤를 돌아보며 물었다.

그러자 뒤쪽에 시립해 있던 사내, 알만도가 가볍게 고개를 숙였다.

"브론즈 자작가의 사람들이 세 달 전쯤에 아베론 영지에 들어간 것으로 알고 있습니다. 조금 더 자세히 보고해 올릴까요?"

"내가 자세히 알아야 할 가치가 있는 가문인가?"

"당장 그 정도의 가치가 있는 것은 아닌 것 같습니다. 다만 브론즈 남작가가 프라임 백작가와 연관이 되어 있는 것으로 파악되었습니다."

"프라임 백작가?"

"네, 프라임 백작의 사생아가 가문을 세운 것으로 알고 있습니다."

"그래?"

순간 로베르토 대공의 눈빛이 달라졌다.

프라임 백작가라면 그도 잘 알고 있었다. 꽤나 열성적으로 하르베스 폐황태자를 섬기던 가문들 중 하나였다.

"참, 그러고 보니 프라임 백작가와 하르베스 사이에 혼약이 있었다고 하지 않았던가?"

"그렇습니다, 전하. 어쩌면 그 일로 인해 브론즈 남작가가 아베론 영지를 찾은 것인지도 모르겠습니다."

로베르토 대공이 이해가 간다는 듯 고개를 끄덕였다. 비록 언약이라고는 하나 귀족들 간의 약속이란 중요한 법이었다.

더욱이 프라임 백작가라면 하르베스 폐황태자 때문에 함께 고초를 겪은 가문이다.

비록 사생아라고는 하지만 프라임 백작의 딸이 직접 아베론 영지를 찾아갔다면 아마도 언약을 지키려는 의지일 게 분명했다.

"그러고 보니 레이샤드, 그 아이가 올해로 열다섯이라고 했지?"

"그렇습니다, 전하. 얼마 전에 열다섯 번째 생일 연회를 크게 베푸신 것으로 알고 있습니다."

"그렇다면 이제 슬슬 혼례를 치를 때가 되었군."

로베르토 대공이 슬쩍 입가를 비틀었다. 그러자 알만도가 당혹스러운 목소리로 되물었다.

"서, 설마 브론즈 남작가와의 혼례를 이대로 두고 보실 생각이십니까?"

레이샤드가 비록 아베론 영지에 머무르고 있다곤 하지만 레오니스 제국의 황족이다. 게다가 로베르토 대공과 제국 황실의 꾸준한 요청으로 인해 황위 계승까지 가능해진 상황이었다.

만에 하나 칼슈타트 황제가 이대로 세상을 떠나게 된다면 레이샤드는 칼슈타트 황제의 아들들과 함께 황제의 자리를 놓고 경쟁하게 될 것이다.

그런 레이샤드에게 영지조차 없는 일개 남작가의 가주는 어울리지 않았다.

그 사실을 로베르토 대공도 모르지는 않았다. 하지만 그렇다고 해서 브론즈 남작가를 레이샤드의 곁에서 떼 놓을 생각은 없었다.

"물론 브론즈 남작가의 가주가 황후의 자리에 어울린다고 생각하지는 않는다. 명색이 황후라면 그 가문도 제법 그럴듯해야겠지. 그렇다고 해서 언약까지 방해하고 싶지는 않구나. 브론즈 남작가를 핍박한다면 레이샤드, 그 아이가 우리의 뜻대로 움직여 주겠느냐?"

로베르토 대공은 레이샤드로 하여금 뒤틀린 제국 황실의 계보를 바로잡겠다는 뜻을 가지고 있었다.

엄밀히 말해 칼슈타트 황제는 황위를 이을 재목이 아니었다. 기사로서는 유능할지 모르겠지만 한 나라를 이끌 만한 덕이 턱없이 부족했다.

만일 카르미스 황제 부부(레이샤드의 조부모)가 갑작스럽게 독살을 당했을 때 로베르토 대공이 황실에 머물러 있었다면 칼슈타트 황제의 계략대로 하르베스 폐황태자가 황위에서 폐위되는 일은 없었을 것이다.

그러나 애석하게도 그 당시 로베르토 대공은 카르미스 황제의 청에 따라 외교 사절단을 이끌고 남방 왕국을 순회 중이었다.

그가 소식을 듣고 다급히 황실로 돌아왔을 때는 이미 칼슈타트 황제가 황좌를 차지하고 있던 상황이었다.

칼슈타트 황제가 황위에 오른 지 13년이 지났지만 로베르토 대공은 아직까지도 그를 인정하지 않고 있었다.

아니, 단 한 번도 칼슈타트 황제를 인정한 적이 없었다. 오히려 기회만 되면 어떻게든 황제의 자리에서 끌어내리기 위해 눈을 번뜩였다.

그럴수록 차기 황제감으로 점찍은 레이샤드에 대한 애착은 깊어만 갔다.

"대지의 신전 쪽에서 이대로 두고만 보고 있지는 않을 것 같습니다만 어찌해야 할지요."

알만도가 로베르토 대공의 뜻을 물었다. 그러자 로베르토 대공이 가볍게 코웃음을 쳤다.

"그거야 그자들이 알아서 하겠지. 다만 강압적으로 아베론 영지를 협박할 생각이라면 내 가만히 두고 보지는 않겠다고 전하거라."

"알겠습니다, 전하."

명을 받든 알만도가 뒷걸음질을 치며 물러났다.

홀로 남은 로베르토 대공은 마치 아무 일도 없었다는 듯 차갑게 식은 찻잔을 들어 올렸다.

3

레이샤드는 아베론 신전의 건설과 운영에 대한 전권을 엘리자베스에게 위임했다.

현실적으로 관리가 여섯 명뿐인 아베론 영지에서 신전에 관한 업무까지 일일이 챙기기에는 인력이 부족한 상황이었다.

"기대해요, 레이. 내가 멋진 신전을 지어줄게요."

엘리자베스는 가장 먼저 신전이 자리 잡을 터부터 살폈다.

다행히도 아베론 영지에는 공터가 상당히 많았다. 낡은 건물은 세워져 있지만 아무도 이용하지 않는 곳도 사방에 널려 있었다.

"이 정도 위치가 좋겠습니다."

함께 나선 가르시아가 빈 공터를 바라보며 말했다. 아베론 영지의 옛 권역과 새 권역이 마주하는 중간 지점에 제법 큼직한 평지가 펼쳐져 있었다.

이곳이라면 굳이 건물들을 철거하지 않아도 신전의 터전

을 닦을 수 있을 것 같았다.

"좋아요. 이곳으로 하죠."

엘리자베스가 흔쾌히 고개를 끄덕였다. 그리고는 눈을 감고 하늘에 기도를 올렸다.

일반적으로 대륙의 인간들은 주로 천신을 숭상하고 경배한다.

일부 직업에 따라 마신을 섬기는 이들이 없지는 않지만 대부분의 기도들이 천계에 집중되어 있는 상황이었다.

대륙이 천계만 섬긴 지도 벌써 300년이 넘었다. 이대로 대륙민들이 천신만 찾다 보면 마신에게 기도를 올리는 이들은 영영 사라져 버릴지 몰랐다.

그렇다고 대륙민들의 어리석음을 탓할 수는 없는 노릇이었다.

크라우스 왕국이 무너지고 마신들을 위한 신전마저 사라져 버리면서 공식적으로 마신들에게 기도를 올릴 장소조차 없는 형편이었다.

그래서 엘리자베스는 크로노스 왕국을 재건하기에 앞서 마신들을 위한 성전부터 세우기로 마음먹었다. 그리고 그 첫 번째로 마계 최고의 신이자 아버지인 크라우스에게 기도를 올렸다.

'여기 이 땅에 마신들을 위해 새로운 첫 번째 신전을 지으

려 합니다. 그러니 이 땅에 권능을 부여해 주시고 성전을 세울 수 있도록 단단히 다듬어 주세요.'

엘리자베스의 기도가 빠르게 마계의 기도의 문을 통해 크라우스에게 전달되었다.

"크하하. 신전이라니, 기쁘구나!"

크라우스는 곧바로 마신의 권능을 담아 중간계로 쏟아냈다. 일방적인 중간계 간섭이 아닌 기도에 따른 응답이다 보니 제아무리 천계라 하더라도 방해할 수 없었다.

후아아아앙!

짙은 모래바람이 터전 주위로 나부꼈다. 그러더니 잠시 후, 쿠아앙 하는 소리와 함께 터전이 크게 들썩였다.

순간 신전의 터로 잡았던 지면이 10미터 가까이 깊게 가라앉아 버렸다.

가르시아는 조심스럽게 터전 안으로 들어갔다. 그리고 마력을 끌어 올려 터전을 살폈다.

"아주 단단해졌습니다. 이 정도면 신전을 세워도 아무런 문제가 없을 것 같습니다."

가르시아가 만족스러운 얼굴로 말했다.

본래 신전을 세우기 위해서는 일단 터를 다지는 작업이 중요했다. 터를 잘못 다졌다간 그 위에 세우는 건물 자체가 흔들릴 수 있었다.

게다가 엘리자베스는 대륙에서 가장 크고 거대한 신전을 원했다. 그 정도 규모의 신전을 안정적으로 세우기 위해서는 터를 닦는 데만 수년이 걸릴 터였다.

아베론 영지의 상황을 고려한다면 터를 다지는 시간은 수십 배로 늘어날 것이다.

어쩌면 칼릭스가 죽기 전까지 성전의 기둥조차 세우지 못할 수 있었다. 그래서 엘리자베스는 크라우스에게 도움을 청했다. 그리고 크라우스는 신력으로 신전 터를 완벽하게 다져 버렸다.

"이제 이 위에 건물만 세우면 되는데 문제는 인력입니다. 아시다시피 아베론 영지는 인력 동원에 한계가 있습니다. 아무래도 외부에서 인부들을 끌어모아야 할 것 같습니다."

아베론 영지의 인구수는 천여 명에 불과했다. 그들 중 노동에 동원할 수 있는 이들은 650명 정도.

하지만 그들 중 잉여 노동력은 없다시피 했다. 최대한 끌어모아 봐야 30명 안팎에 불과했다.

게다가 아베론 영지의 노동력은 질적으로 우수하지 않았다. 워낙에 힘겹게 지내다 보니 다들 체력적인 문제를 가지고 있었다.

그들을 우수한 노동력으로 변화시키기 위해서는 족히 이삼 년은 걸릴 터.

그들에게 신전 건립을 맡겼다간 아마 훨씬 많은 시간이 소요될 터였다.

엘리자베스는 신전을 2년 안에 짓고 싶었다. 먼저 기도소를 세워 아베론 영지민들을 끌어안은 뒤 2년 내에 대륙의 그 어떤 대신전보다 웅장한 어둠의 신전을 지을 생각이었다.

그렇다면 최소한 천여 명이 넘는 인력이 필요했다. 그리고 신전 건립에 차질이 없도록 자재들도 안정적으로 확보해 놓아야 했다.

"주변 영지에서 일시적으로 인부들을 받아들일 수는 있겠지만 그건 한계가 있을 것입니다. 가급적이면 아베론 영지의 영지민으로 삼을 만한 사람들이 필요합니다."

아르메스가 넌지시 간했다.

정상적인 방법으로 천 명이 넘는 인부들을 구하기란 쉽지 않았다.

그보다는 가족 단위로 인구를 받아들여 아베론 영지의 실질적인 노동력을 향상시키는 편이 나았다.

노동에 필요한 사람들을 이주시키는 건 크게 어려운 일이 아니었다.

대륙 곳곳에 마련된 공간 이동 포탈을 이용한다면 어렵지 않게 아베론 영지로 데려올 수 있었다.

중요한 건 그들의 의지였다. 대륙 곳곳에 아베론 영지에 대한 악명이 퍼져 있는 지금 정상적인 방법으로 영지민들을 받기란 쉬운 일이 아니었다.

하지만 엘리자베스에게는 미리 생각한 방법이 있었다.

'전쟁을 주관하시는 아도로스 님, 마법을 주관하시는 하베우스 님, 죽음을 관장하시는 데모돔 님, 권능을 부여하시는 파이야 님. 재물을 관장하시는 고르디아 님. 불화를 이끄시는 쉬반 님, 장인들을 아끼시는 톨로이 님, 지혜를 주시는 모비치 님, 재해를 다루시는 쥬베로 님, 공포를 일으키시는 네바르 님, 절망으로 인도하시는 테피아 님, 운명을 주관하시는 체이르 님. 제가 마신들을 위해 대륙에 다시 첫 번째 신전을 세우려 합니다. 지금 사람들이 필요하고 자재들이 필요한 상황입니다. 제 의지대로 대륙 최고의 신전을 세울 수 있도록 도와주세요.'

엘리자베스가 다시 열두 마신에게 기도를 올렸다.

이 신전이 단순히 크라우스만을 위한 신전이 아니라 열두 마신 모두를 위한 신전임을 확실하게 했다.

그런 그녀의 기도가 열두 마신에게 전해졌다.

"사람이라. 황녀가 이리도 기특한 일을 하시는데 내가 가만있을 수 없지."

열두 마신은 저마다 신력을 끌어 올렸다. 그리고는 적임자를 찾아 자신들의 의지를 부여했다.

후아아아아아앙!

마계에서 뻗어 나온 수많은 신력이 중간계를 향해 날아들었다.

실로 오랜만에 펼쳐지는 장관에 마족들은 하나같이 기쁨을 감추지 못했다.

4

메이샤 왕국에 위치한 코펠 자작가.

그곳에 사는 젊은 목수 가이아는 간밤에 기이한 꿈을 꾸었다.

지난밤 가이아는 꿈에서 열 살 때 큰 사고로 돌아가신 아버지를 보았다.

꿈속에서 아버지는 자신이 어째서 죽게 되었는지를 가이아에게 소상하게 밝혔다. 그것은 그동안 가이아가 알고 있던 것과는 상당히 다른 내용이었다.

잠에서 깬 가이아는 꿈에서 아버지가 일러준 대로 창고로 달려갔다. 그리고 지금껏 단 한 번도 손대지 않았던 옛 서랍장을 뒤져 아버지가 숨겨놓았던 일기를 찾아냈다.

일기장의 겉면에는 먼지가 뿌옇게 들러붙어 있었다. 보관 상태도 양호하지 못해 일기장을 펼치자 낱장들이 떨어져 나가기 시작했다.

"마지막 장, 마지막 장이라고 했지."

가이아는 조심스럽게 떨어진 낱장들 중에 일기의 마지막 장을 살폈다.

아버지는 그곳에 자신이 어째서 죽게 되었는지에 대한 비밀이 숨겨져 있을 것이라고 했다.

다른 일기들과는 달리 가장 마지막 장은 제법 깨끗했다. 십 년이라는 시간이 지났을 텐데도 세월의 풍파를 거의 타지 않은 듯했다.

더욱 놀라운 건 그 안에 적힌 내용이었다. 실로 경악스럽게도 돌아가신 아버지는 코펠 자작의 동생이 형수와 음란한 관계를 맺고 있었다는 비밀을 적어놓았다.

"아버님께서… 이것 때문에 돌아가셨단 말인가?"

가이아는 순간 다리가 풀려 버렸다.

아버지가 코펠 자작가의 하인들로부터 모진 매질을 당하고 돌아가셨다는 소문을 들었을 때 설마 했었는데 그것이 정말일 줄은 미처 생각지 못했다.

"그런 줄도 모르고……. 아버님이 그렇게 돌아가신 줄도 모르고……."

가이아는 자신도 모르게 눈물이 쏟아졌다.

아버지가 코펠 자작가의 핍박 아래 죽었는데 정작 아들인 자신은 아버지를 대신해 코펠 자작가의 별궁 공사에 참여하고 있었다.

그것도 실력이 뛰어나다고 인정을 받아 목수들을 총괄하는 상황이었다.

"썬더론 님, 저는 어찌해야 합니까."

가이아는 습관처럼 뇌전과 정의의 신인 썬더론에게 기도했다. 그렇게 하면 썬더론이 마음의 위안을 안겨 줄 것이라 믿었다.

하지만 아무리 기도를 해보아도 울적하고 답답한 마음은 가시질 않았다. 마치 썬더론이 자신의 기도에 응답해 주지 않는 것 같았다.

"톨로이 님, 저를 불쌍히 여겨주세요."

가이아는 다시 장인들이 섬기는 마신 톨로이에게 기도를 했다.

큰 기대를 가지고 기도하기보다는 그저 안타까운 마음을 조금이나마 하소연하고 싶었다.

그때였다.

가이아야, 가련한 나의 아들아. 내 너를 위해 무엇을 해주면 되겠느냐?

놀랍게도 귓가를 울리며 신의 목소리가 들려왔다.

깜짝 놀란 가이아는 무릎을 꿇고 앉았다. 그리고 잔뜩 겁에 질린 얼굴로 조심스럽게 천장을 올려다봤다.

그곳에는 톨로이를 상징하는 망치 하나가 가만히 떠올라 있었다.

"토, 톨로이 님! 이 미천한 것에게 응답을 내려주시다니 그저 감사할 따름입니다."

가이아가 몸을 납작 엎드렸다. 신성력 높은 신관들 중에서도 신의 음성을 들은 이들은 손에 꼽힐 정도였다.

그런데 일개 목수인 자신이 마신의 음성을 듣다니. 가이아는 이것이 꿈인지 현실인지 분간이 되지 않았다.

그러나 톨로이는 단순히 가이아를 위로하기 위해 그에게 응답을 내린 것이 아니었다.

나의 아들아, 말해보거라. 내가 너를 위해 무엇을 해주면 되겠느냐. 어떻게 해야 네 마음의 슬픔과 무거움이 사라지겠느냐?

톨로이가 다시 물었다. 그러자 겁에 질려 있던 가이아가 다시 고개를 들어 올렸다.

천장에 떠 있는 망치는 마치 톨로이를 대신하듯 가이아를 빤히 내려다보고 있었다.

그리고 가이아에게 묻고 있었다. 무엇을 어떻게 해주길 바라는지 말이다.

"저를 대신해… 그 간악한 자들에게 벌을 내려주십시오."

가이아가 떨리는 목소리로 말했다.

지금 이 순간 그가 바라는 건 오직 그것뿐이었다.

알겠다, 나의 아들아. 내 너를 위해 그리하겠다.

그 말을 끝으로 허공에 떠 있던 망치가 지면으로 쿵 하고 떨어져 내렸다.

가이아는 깜짝 놀라 몸을 뒤로 젖혔다. 놀랍게도 망치는 자루가 땅에 꽂힌 채로 꼿꼿이 하늘을 바라보며 서 있었다.

가이아는 정신없이 창고에서 나왔다. 그리고는 도망치듯 침대 안으로 숨어 들어갔다.

침대에 눕자 불안감은 빠르게 사라졌다. 가이아는 자신도 모르게 깊은 잠에 빠져들었다. 그리고 다시 눈을 떴을 때는 날이 밝아 있었다.

"여보, 세상에 지난밤에 코펠 자작의 동생이 코펠 자작의 칼에 맞아 죽었대요."

잠에서 깨어난 가이아에게 아내가 놀라운 소식을 전해주었다.

"뭐? 그게…… 정말이야?"

"네, 코펠 자작의 동생이 글쎄…… 코펠 자작 몰래 형수를 범해 왔다고 하네요."

가이아의 부인은 차마 입에 올리기도 싫다며 몸서리를 쳤다. 반면 가이아의 표정은 달랐다.

전날 엉겁결에 톨로이에게 아버지의 복수를 부탁했는데 정말 그 말이 현실로 일어나 버렸다.

그러다 보니 코펠 자작가의 비화가 남의 일 같지 않게 느껴졌다.

"코, 코펠 자작의 부인은 어떻게 됐어?"

"어떻게 되긴요. 이야기를 들어보니 코펠 자작의 동생에게 겁간을 당한 게 아닌 모양이더라고요. 지금껏 남편 몰래 바람을 피웠으니 코펠 자작이 가만있겠어요? 차마 죽일 수는 없으니 첨탑에 가둬 버렸다고 하더라고요."

현재 코펠 자작의 부인은 정부인이 아니었다.

외모가 빼어난 탓에 코펠 자작의 눈에 들어 첩으로 들어왔다가 정부인이 죽고 대신 그 자리를 차지한 요부였다.

그러다 보니 코펠 자작 부인을 처리하는 데 있어 그녀의 가문을 신경 쓸 이유가 없었다.

그나마 그간의 정을 생각해 첨탑에 가두긴 했지만 허영기 많은 여자에게 죽을 때까지 갇혀 산다는 건 사형 선고나 마찬가지였다.

"내, 내가 한번 알아봐야겠어."

가이아는 힘겹게 자리를 박차고 일어났다. 그리고 거리로 나가 조금 더 자세한 이야기를 전해 들었다.

이번 일로 처벌을 받은 건 코펠 자작의 동생과 부인뿐만이 아니었다.

평소 코펠 자작의 충복을 자처하며 못된 짓을 일삼던 하인들도 코펠 자작을 모욕했다는 이유로 손발이 잘리는 극형에 처해졌다고 한다.

가이아는 자신도 모르게 가슴이 두근거렸다. 이 모든 게 자신의 기도 때문에 벌어진 일이라고 생각하니 갑자기 두려운 마음이 치밀었다.

'아니야. 그놈들은 벌을 받아 마땅해!'

가이아는 힘겹게 입술을 깨물었다.

신벌을 받았다는 건 그만큼 그들의 죄악이 컸다는 의미였다. 만일 그들이 선량한 사람이었다면 제아무리 톨로이라 하더라도 자신의 청을 들어주지는 않았을 것이다.

가이아는 후들거리는 몸을 이끌고 집으로 돌아왔다. 그리고 망치를 앞에 두고 다시 톨로이에게 기도를 올렸다.

톨로이는 자신의 기도를 들어주었다. 그렇다면 가이아 역시도 톨로이를 위해 무엇이든 해야만 했다.

"톨로이 님, 제 갈 길을 일러주십시오."

가이아가 간절한 목소리로 말했다.

그러자 망치가 허공에 부웅 떠오르더니 톨로이의 목소리
가 들렸다.

*나의 아들아, 아베론 영지로 오거라. 그곳에서 나를 위한 신
전을 짓도록 하여라.*

톨로이의 응답에 가이아는 자신도 모르게 부르르 몸을 떨
었다.

다른 건물도 아니고 오직 허락받은 자만이 참여할 수 있다
는 신전이라니.

어쩌면 톨로이가 오래전부터 자신을 눈여겨봤을지 모른다
는 생각이 들었다.

가이아는 이 사실을 아내와 상의했다. 비록 결혼한 지 얼마
되지 않았지만 만에 하나 아내가 반대를 한다면 자신 혼자서
만 떠날 생각이었다.

그러나 다행히도 아내는 가이아의 뜻에 따르겠다고 말했
다.

가이아에 대한 믿음이 그만큼 굳건해서가 아니었다. 간밤
에 나타났던 운명의 여신이 남긴 말 때문이었다.

간밤에 운명의 여신 체이르는 가이아의 아내의 꿈에 나타 났다. 그리고 가이아를 따라 북쪽으로 와야만 행복한 삶을 살 게 될 것이라고 말해주었다.

가이아의 아내는 고아 출신이다.

어려서 부모를 여의고 결혼 전까지 홀로 지내왔다. 그러다 보니 특별한 욕심 없이 가이아의 곁을 지켜왔다.

그런 그녀가 유일하게 바라는 한 가지는 다름 아닌 행복이 었다.

그런데 가정이 행복해지는 길이 북쪽에 있다고 했다. 그러 다 보니 가이아의 뜻을 거스를 생각이 전혀 없었다.

"내 뜻에 따라줘서 고마워."

"아니에요. 아내로서 당연한 일인걸요."

"그렇게 말해주니 내 마음이 한결 가벼워졌어. 문제는 돈 인데……."

잠시 들떴던 가이아의 표정이 다시 굳어졌다.

가이아는 평민이었다. 평민은 자유롭게 이주할 수 있는 권 리가 있었다.

단 이주를 하기 위해서는 영주에게 이주 허가금을 내야 했 다.

게다가 가이아는 모든 영지에서 아끼는 전문 인력이었다. 그러다 보니 더 많은 이주 허가금을 지불해야 했다.

"우리가 그동안 모아놓았던 돈이 있잖아요."

가이아의 아내가 걱정할 것 없다며 말했다.

그동안 가이아가 부지런히 일을 해준 덕분에 그들의 집에는 제법 적잖은 금화들이 모여 있었다.

"그게 얼마나 되는데?"

가이아가 기대 어린 눈으로 물었다. 하지만 되돌아온 대답은 실망스럽기 그지없었다.

"글쎄요. 한 100골드쯤 될까요?"

100골드면 가이아의 아내 한 사람에게 해당하는 이주 허가금이었다.

한창 젊고 유능한 가이아라면 최소 300골드 이상을 지불해야 했다.

"흐음. 이것 참 고민이로군."

가이아가 머리를 긁적거렸다.

마음은 이미 코펠 자작령을 떠나 아베론 영지로 향해 있었다. 하지만 경제적인 형편이 그의 발목을 붙잡았다.

그렇다고 또다시 톨로이에게 기댈 수는 없는 노릇이었다. 부족한 돈은 어떻게든 마련해서 아베론 영지로 떠나는 것이야말로 그에게 주어진 숙제 같았다.

하지만 톨로이의 부름은 모든 문제를 해결해 주겠다는 약속과도 같았다.

그날 저녁.

철컥.

요란한 동전 소리가 가이아의 머리맡에서 울렸다.

"무슨 소리지?"

깜짝 놀란 가이아가 자리에서 일어났다.

놀랍게도 그의 머리맡에는 작은 주머니 하나가 놓여 있었다.

가이아는 조심스럽게 주머니를 펼쳤다. 그리고 곧 경악을 금치 못했다.

그 안에 들어 있는 건 100골드짜리 금화였다. 그 금화가 한두 개도 아니고 무려 열 개나 들어 있었다.

"세, 세상에 누가 이런……!"

가이아가 깜짝 놀라 주변을 살폈다. 하지만 방 안 어디에도 사람의 인기척은 느껴지지 않았다.

오직 잠귀가 어두운 아내만이 바로 옆에서 곤히 잠이 들어 있었다.

"서, 설마 이것도 톨로이 님의 은혜인가?"

가이아가 자신도 모르게 천장을 올려다봤다. 하지만 이번에는 천장에 망치가 떠올라 있지 않았다.

가이아가 영문을 모르겠다며 고개를 흔들어댔다. 그러다 다시 동전 주머니를 살폈다.

그때 그 안에서 돌돌 말려진 종이가 하나 발견되었다.

아베론 영지로 오시는 데 불편함이 없도록 도와드리고자 합니다. 그 돈이면 이주 허가금과 공간 이동 포탈 이용료를 내시는 데 아무 문제가 없을 것입니다. 불필요한 살림살이는 두고 오셔도 좋습니다. 아베론 영지에서 모든 것을 지급해 드릴 생각입니다. 그러니 한시라도 빨리 아베론 영지로 오시기 바랍니다.

발신인은 따로 적혀 있지 않았다. 하지만 가이아는 이 서신이 어디에서 왔는지 충분히 인지하고 있었다.

"여보, 여보! 일어나 봐!"

가이아가 자고 있는 아내를 흔들어 깨웠다.

"왜 그래요?"

가이아의 아내가 눈을 부비며 자리에서 일어났다.

"아베론 영지에서 돈을 보내줬어. 이 돈만 있으면 오늘이라도 당장 떠날 수 있어."

가이아가 아내에게 서신을 내밀었다. 그 서신을 찬찬히 훑어 내린 가이아의 아내가 가이아만큼이나 기쁜 표정을 지어 보였다.

"정말 잘됐어요. 그럼 짐을 꾸려야 하나요?"

"그래, 그러자고. 그래서 아침에 동이 트는 대로 이주 허가금을 지불하고 이 빌어먹을 영지를 떠나자고."

"알았어요. 그렇게 해요."

가이아 부부는 집안에 불을 켜고 떠날 채비를 서둘렀다.

서신에 불필요한 살림살이는 두고 오라고 했으니 꼭 필요한 것들만 골라 챙겼다. 그러는데도 서너 시간이 훌쩍 지나버렸다.

동이 트자 가이아는 곧장 영주성으로 향했다. 그리고 영지민의 이주를 허가하는 관리를 찾아갔다. 아직 관리가 나와 있지 않을 것이라는 걸 예상하고 있었지만 초조한 마음에 가만히 있을 수가 없었다.

그런데 그날따라 관리가 아침 일찍부터 자리에 앉아 있었다.

"자네 가이아 아닌가? 무슨 일로 왔나?"

관리가 가이아의 얼굴을 보더니 뜻밖이라는 표정을 지었다.

바로 그제까지만 해도 별궁 공사를 책임지던 자가 다른 사람도 아닌 자신을 찾아왔으니 놀랄 만했다.

"죄송스럽게도 제가 다른 영지로 떠나야 할 것 같습니다. 그곳에서 제가 꼭 하고 싶은 일이 있거든요."

가이아가 관리에게 정중한 목소리로 사정을 설명했다. 설사 이주 허가금이 있더라도 관리의 기분을 상하게 하면 이주가 허락되지 않았다.

그러다 보니 지금 이 순간만큼은 마치 영주를 대하듯 조심스러워질 수밖에 없었다.

만일 다른 때 같았다면 관리도 까다롭게 굴었을 것이다. 하지만 간밤에 꾸었던 꿈 때문일까. 관리는 이내 고개를 끄덕였다.

'꿈에 나온 여자가 우리 영지에 우환거리가 있다고 했지. 그래서 그 우환거리를 영지 밖으로 내쫓아야 한다고 했어. 어쩌면 가이아가 그 우환거리일지도 몰라.'

관리는 즉석에서 이주 허가서를 써 주었다. 그리고 가이아의 아내 몫을 더해 이주 허가금을 300골드만 받았다.

본래라면 400골드 이상을 받아야 했지만 만에 하나라도 가이아가 돈이 부족해 영지에 남는 일만은 어떻게든 막고 싶었다.

"여기 있습니다."

가이아가 품속에서 100골드짜리 동전 세 개를 내밀었다.

"이제 됐네. 자네는 더 이상 우리 코펠 영지의 영주민이 아니네."

관리가 더는 볼 일이 없었으면 좋겠다며 싸늘한 목소리로 말했다.

가이아는 집으로 돌아가 아내와 함께 성을 나섰다. 외성을

지키는 병사에게 이주 허가서를 내밀자 조심하라는 당부가
이어졌다.

본래라면 가이아는 아베론 영지까지 걸어서 이동할 생각
이었다.

하지만 고맙게도 아베론 영지에서는 귀족들이나 이용할
수 있다는 공간 이동 포탈 요금까지 함께 마련해 주었다.

"그냥 우리 걸어가면 안 될까요?"

가이아의 아내는 그 돈이 아까웠다. 차라리 돈을 아끼고 시
간이 걸리더라도 아베론 영지까지 걸어가자고 말했다.

하지만 가이아의 생각은 달랐다.

굳이 공간 이동 포탈 요금까지 주었다는 건 그만큼 빨리 오
라는 재촉의 의미나 마찬가지였다.

제26장

어둠의 신전을 세워라 Part 2

1

크로노스 왕국과 함께 대륙 최고의 세력을 자랑하던 암흑 마탑이 무너진 이후 이렇다 할 경쟁 상대가 없어진 대륙 마탑들은 자체적인 경쟁에 들어갔다.

그 결과가 바로 영지마다 세워진 공간 이동 포탈이었다.

300년 전만 하더라도 공간 이동 포탈은 최소 백작령 이상의 영지에만 세워져 있었다.

그것도 힘있는 백작령이나 가능했다. 권력에서 밀려난 이름뿐인 백작령의 경우에는 공간 이동 포탈을 영지 내에 둘 수조차 없었다.

그러던 게 지난 300년 동안 대륙 곳곳에 공간 이동 포탈들이 들어섰다.

덕분에 가이아 부부도 어렵지 않게 공간 이동 포탈을 찾을 수 있었다.

하지만 공간 이동 포탈의 수가 많아졌다고 해서 누구나 이용할 수 있게 된 것은 결코 아니었다.

공간 이동 포탈은 여전히 귀족들과 돈 많은 상인들을 위해 존재했다.

포탈을 이용하는 데 필요한 금액이 워낙 비싸다 보니 돈 없는 일반 평민들은 쉽게 이용할 수조차 없었다.

그런 이유로 가이아 부부를 맞이한 마법사들의 표정은 시큰둥하기만 했다.

"뭐요? 설마 공간 이동 포탈을 이용할 생각이요?"

"그러지 말고 걸어가시오. 이게 얼마나 비싼 줄 알고나 하는 소리요?"

공간 이동 포탈을 담당하는 마법사들은 앞다투어 가이아 부부를 내쫓으려 했다.

가이아의 아내도 그 분위기에 지레 겁을 먹고는 가이아의 팔을 잡아끌었다.

하지만 가이아는 꿈쩍도 하지 않았다. 오히려 당당한 얼굴로 마법사들을 바라봤다.

"돈이라면 가지고 왔습니다."

"나 참, 그래서 돈이 얼마나 있단 말이오? 10골드? 20골드?"

"듣기로 북부 영지까지는 한 사람당 200골드라고 하던데 제 말이 틀렸습니까?"

"허! 설마 400골드를 가져왔단 말이오?"

마법사가 놀란 눈으로 가이아를 바라봤다. 그러자 가이아가 품속에서 100골드짜리 동전 4개를 내보였다.

"이것이면 북부 대륙 어디든 우리 부부가 원하는 곳으로 갈 수 있겠지요?"

가이아가 은근한 목소리로 말했다.

그러자 조금 전까지 가이아 부부를 불청객인 양 맞았던 마법사들의 태도가 달라졌다.

그렇지 않아도 이용 고객이 없어서 이번 달 수익이 형편없던 상황이었다. 그런데 오랜만에 손님이 나타났으니 이보다 더 반가운 일은 없었다.

"그럼요. 어서 오십시오. 그런데 어디로 가실 생각이십니까?"

마법사가 다소 친근해진 목소리로 물었다.

"아베론 영지로 갔으면 합니다."

가이아가 행선지를 밝혔다. 그러자 마법사가 고개를 갸웃거렸다.

"아베론 영지요? 잠시만 기다려 주십시오."

대륙 각지에 공간 이동 포탈이 들어서 있지만 아베론 영지까지 운영이 되는지는 금시초문이었다.

그가 기억하기로 100년 전 아베론 영지에 마기가 침범한 이후로는 공간 이동 포탈이 폐쇄된 것으로 알고 있었다.

마법사는 즉시 동료들에게 돌아갔다. 그리고 아베론 영지의 공간 이동 포탈에 대해 물었다.

그러자 동료 마법사 중 하나가 말했다.

"참, 어제 마탑에서 새로 마법 좌표책이 내려왔잖아. 거기라면 아베론 영지의 좌표가 나와 있지 않을까?"

마법사는 새로운 마법 좌표책을 뒤졌다.

놀랍게도 그곳에는 아베론 영지로 향하는 좌표 주소가 적혀 있었다.

"자, 일단 여기 마법진 안으로 올라서십시오."

마법사가 가이아 부부를 향해 말했다.

그러자 가이아와 그의 아내가 떨리는 마음으로 마법진 위에 올랐다.

'아베론 영지의 좌표가 제대로 먹힐지 안 먹힐지는 한 번 작동해 보면 알겠지.'

마법사는 마법진 위에 손을 뻗었다. 그리고 미리 외워둔 아베론 영지의 좌표를 떠올린 뒤에 마법진을 활성화시켰다.

그 순간,

후아아아앙!

눈부신 빛이 마법진으로부터 뿜어져 나오더니 단숨에 가이아 부부를 집어삼켜 버렸다.

"꺄앗!"

마법진은 처음인 가이아의 아내의 입에서 비명이 터져 나왔다. 가이아도 마찬가지. 차마 비명조차 내지를 수 없을 만큼 숨이 턱 하고 막혀 버렸다.

하지만 그것도 잠시.

질끈 감았던 눈을 떠 보니 가이아 부부는 전혀 다른 곳에 와 있었다.

"어서 오세요~"

"아베론 영지에 오신 걸 환영합니다~"

가이아 부부 앞에 처음 보는 젊은 여자 마법사들이 웃으며 손을 흔들고 있었다.

시리우스의 지시로 새로 개통된 마법진을 담당하게 된 셀레나와 레이나였다.

"자, 잠깐만요. 여기가 아베론 영지라고요?"

가이아가 뒤늦게 정신을 차리고 물었다. 그러자 셀레나와 레이나가 동시에 고개를 끄덕였다.

"후우……."

가이아의 입에서 안도의 한숨이 흘러나왔다. 만에 하나 엉뚱한 곳에 떨어지면 어쩌나 걱정했는데 다행히도 제대로 찾아온 모양이었다.

"두 분이신가요? 그럼 저를 따라오세요."

셀레나는 가이아 부부를 모비드에게 안내했다. 아베론 영지에서 살아가기 위해서는 일단 영지민으로 등록하는 과정이 필요했다.

"아베론 영지에 오신 것을 환영합니다. 본래 살던 영지에서 이주 허가증을 받아오셨습니까?"

오늘만 해도 백여 명의 등록을 마친 모비드가 다소 피로한 얼굴로 물었다.

"여기 있습니다."

가이아가 코펠 자작령의 이주 허가서를 내밀었다. 그것을 확인한 모비드가 이내 고개를 끄덕였다.

"허가서는 확인되었습니다. 두 분은 자유 영지민이 확실합니다. 따라서 어느 영지든 원하는 곳에 정착하실 수 있습니다."

모비드가 가이아 부부의 신분을 설명해 주었다.

굳이 아베론 영지가 아니라 하더라도 가이아 부부가 원하는 영지라면 어디든 정착해 살아갈 수 있었다.

하지만 가이아 부부가 원하는 곳은 아베론 영지였다.

"저희는 아베론 영지에서 지내길 원합니다."

가이아가 굳건한 목소리로 말했다.

"정말로 저희 아베론 영지에 머무실 생각이십니까?"

모비드가 최종적으로 확인하듯 물었다.

"그렇습니다."

가이아가 망설이지 않고 고개를 끄덕였다.

"그럼 여기 명부에 이름을 적어주십시오."

모비드가 영지민 이주 명부를 내밀었다. 가이아는 이번에도 지체하지 않고 명부에 자신과 아내의 이름을 기입했다.

"됐습니다. 오늘부터 두 분은 아베론 영지의 영주민이 되셨습니다."

모비드가 웃는 얼굴로 가이아 부부를 반겼다. 만에 하나 일이 잘못되면 어쩌나 걱정했던 가이아 부부의 얼굴에도 비로소 웃음이 번졌다.

"먼 길 오시느라 고생 많으셨습니다. 두 분이 머무실 집은 미리 마련이 되어 있습니다. 그러니 밖에 있는 병사를 따라가시면 될 겁니다."

모비드가 마지막으로 머물 곳을 일러주었다.

"저희에게 집을 그냥 주시나요?"

가이아의 아내가 놀란 얼굴로 물었다.

유랑민들을 위해 농경지를 내주는 영지는 있어도 집을 거저 내주는 영지는 들어본 적이 없었다.

그러자 모비드가 애써 웃으며 대답했다.

"본래 놀리던 집들을 보수한 것이랍니다. 아마 오랫동안 사람이 살지 않았기 때문에 다소 불편한 점이 있을지 모르겠습니다. 혹여 정 불편하시다면 다른 집으로 옮겨드릴 터이니 언제든 말씀해 주시기 바랍니다."

가이아 부부는 들뜬 얼굴로 병사를 따라나섰다.

무료로 제공하는 집인만큼 큰 기대는 하지 않았지만 그래도 기왕이면 번듯했으면 하는 바람을 가졌다.

하지만 가이아 부부 앞에 놓인 집은 열 식구가 살아도 충분할 만한 큰 저택이었다.

말이 누추할 뿐이지 마치 얼마 전에 지어진 저택처럼 깨끗했다.

"이 집을 정말 저희에게 주신다고요?"

가이아의 아내가 믿지 못하겠다는 눈으로 병사를 바라봤다. 그러자 병사가 흔쾌히 고개를 끄덕였다.

"본래는 오래전에 지어진 집인데 영지에 계시는 마법사님께서 깔끔하게 보수를 해주셨답니다. 아마 사시는 데 큰 문제는 없을 겁니다."

가이아 부부는 냉큼 집 안으로 들어갔다. 병사의 말처럼 집

안에는 당장 살아도 손색이 없을 만큼 온갖 집기가 전부 갖춰져 있었다.

실제 이 집은 100년 전까지 아베론 영지의 영주민이 살았던 집이다.

하지만 아베론 영지에 마기가 침입하면서 버려진 집이 되어버렸다.

그것을 라인하르트가 직접 마법으로 손질을 하여 새 집처럼 만들었다.

다른 마법사라면 불가능했겠지만 라인하르트는 수준이 다른 마법사.

가볍게 마력을 일으키는 것만으로도 버려진 집이 새 집처럼 변했다.

"여보! 아베론 영지에 온 걸 잘한 것 같아요!"

가이아의 아내는 감탄을 감추지 못했다.

가이아가 부지런히 돈을 벌어다 준 덕분에 코펠 영지에서도 남부럽지 않게 살긴 했지만 이토록 큰 저택은 감히 꿈도 꾸지 못했다.

그런데 단순히 아베론의 영지민이 되는 것만으로 엄청난 저택이 주어졌다.

그러다 보니 그녀는 단숨에 부자가 된 기분마저 들었다.

가이아의 생각도 별반 다르지 않았다.

톨로이의 목소리를 듣고 무작정 아베론 영지로 찾아오긴 했지만 이토록 모든 준비가 갖춰져 있을 것이라고는 생각지도 못한 얼굴이었다.

"이 모든 게 톨로이 님의 은혜야."

가이아는 창고에서 큼지막한 망치를 찾았다. 그리고 그것을 톨로이라 여기며 감사의 기도를 올렸다.

2

마계의 마신들이 엘리자베스의 기도에 즉각적으로 응답하면서 덩달아 라인하르트도 상당히 분주해졌다.

라인하르트는 먼저 아베론 영지로 몰려들 이주민들을 위해 새로운 공간 이동 마법진을 만들었다.

그의 실력이라면 간단히 좌표를 계산하고 마력을 불어넣는 것만으로도 충분히 만들 수 있는 것이었지만 중요한 것은 대륙의, 인간들의 방식을 따라야 한다는 점이었다.

마계의 방식대로 공간 이동 마법진을 만들었다간 대륙의 다른 공간 이동 마법진과 연결되지 않을 수 있기 때문이다.

인간들이 고안한 대륙의 공간 이동 마법진 생성 방식은 다소 복잡했다.

마탑마다 조금씩 차이는 있지만 최소 한 달에 걸쳐 서서히 마력을 증진시켜 차원의 구멍을 최소화하는 게 요점이었다.

차원의 구멍이란 공간 이동 마법진 주변에 생기는 일종의 결함 같은 것이었다.

공간 이동 마법진이 고정된 차원 좌표 값을 가지면서 주변에 일그러짐이 생기는데 그 일그러짐이 뭉쳐서 전혀 다른 차원으로 연결되는 통로 노릇을 하는 게 바로 차원의 구멍이었다.

만에 하나 공간 이동 마법진과 차원의 구멍이 겹치기라도 한다면 이용자들을 전혀 엉뚱한 곳으로 보내 버릴 수 있었다.

그곳이 그나마 평지 같은 곳이라면 다행이겠지만 바다나 낭떠러지 같은 곳이라면 이용자들의 목숨이 위태로워질 수 있었다.

그러나 라인하르트는 차원의 구멍 자체를 소멸시킬 수 있는 방법을 알고 있었다.

덕분에 고작 한나절 만에 아베론 영지로 통하는 활성화된 공간 이동 마법진이 생성되었다.

공간 이동 마법진을 완성시킨 뒤 라인하르트는 빛의 마탑의 협조를 받아 대륙의 각 마탑에 아베론 영지의 공간 이동 좌표 주소를 일러두었다.

덕분에 대륙 각지에서 마신들의 응답을 받은 이들은 공간 이동 마법진을 통해 아베론 영지에 도착할 수 있게 되었다.

라인하르트가 신경 써야 할 일은 그뿐만이 아니었다.

그는 마신들의 응답을 받은 이들을 전부 찾아다니며 그들에게 아베론 영지로 이주할 수 있는 자금을 제공했다.

그 자금은 골드마크가 마련했다.

사전에 엘리자베스로부터 신전 건립 계획을 전해 들은 골드마크는 마계에서 오면서 챙겨 왔던 금덩어리 다섯 개를 꺼냈다. 그리고 열흘 전에 쥬어스 상단에 전량 내다 팔았다.

쥬어스 상단에서는 우선적으로 150만 골드에 달하는 현금을 골드마크에게 건넸다.

그리고 추가로 100만 골드의 수표와 50만 골드 상당의 곡물과 물품을 제공했다.

골드마크는 그 150만 골드의 재화를 1,000골드씩 쪼개어 다시 라인하르트에게 건네주었다.

그 돈이 아베론 영지로 이주하는 영지민들에게 전해진 것이다.

영지민들에게 이주 자금을 나눠준 뒤에도 라인하르트는 쉬지 못했다.

그는 몰려들 영지민들을 위해 아베론 영지의 버려진 집들을 하나씩 찾아다녔다. 그리고 마력을 일으켜 허물어져 가는 집들을 다시 번듯하게 세워 놓았다.

덕분에 마신들의 응답을 받은 1,500가구는 아무런 문제없이 아베론 영지로 옮겨올 수 있었다.

중간 중간에 마신들이 세심하게 신경을 써준 덕분에 이주 과정에서 잡음이 생긴 경우도 없었다.

그렇게 농경지에 심어놓았던 채소들을 수확할 무렵 아베론 영지의 인구수는 무려 5천 명으로 늘어났다.

3

영지의 인구가 갑자기 늘어나면 영지민들 사이에 불안감이 조성되게 마련이다.

특히나 외지인들로 인해 영지가 장악되다시피 했다면 그 불안함이 더욱 커질 수밖에 없었다.

처음 엘리자베스의 이주 계획을 들었을 때만 하더라도 레이샤드 역시 걱정이 앞섰다.

엘리자베스는 신전 건립을 위해서는 천여 명 이상의 전문 인력이 필요하다고 말했다.

그러면서 외부에서 유입된 인력을 아베론 영지의 영지민으로 삼는 게 좋겠다는 뜻을 전했다.

아베론 영지의 인구수 부족은 레이샤드도 절실히 공감하던 바였다.

북부 대륙의 일반적인 남작령의 인구수는 대략 2만 전후였다.

변방의 외진 남작령이라 하더라도 최소 1만 이상의 영지민을 보유하고 있었다.

반면 백작령 규모로 지어진 아베론 영지의 인구수는 1천여 명에 불과했다.

백작령의 평균적인 인구인 20만에 비교하면 턱없이 부족한 수였다.

아베론 영지가 말 그대로 영지로 인정받기 위해서라도 적어도 9천 명 이상의 인구가 더 필요한 상황이었다.

그런 점에서 봤을 때 아베론 영지의 인구가 늘어난다는 것은 분명 반가운 일이었다.

하지만 영주로서 인부들과 그들의 가족까지 몰려올 경우에 생기는 영지 내 갈등들을 고려하지 않을 수 없었다.

그러나 정작 엘리자베스는 별다른 문제가 없을 것이라고 단언했다.

이유는 간단했다.

새로 들어온 영지민들은 하나같이 마신들의 선택을 받은 자들이다.

애당초 아베론 영지에 들어와 분란을 일으킬 만한 자들은 마신들의 선택을 받을 수가 없었다.

게다가 마신들은 새로 유입된 영지민들에게만 은혜를 내린 게 아니다.

아베론 영지의 영지민들에게도 꿈을 통해 계시를 내렸다.

아베론 영지가 새로 들어온 영지민들로 인해 발전을 거듭하면서 언젠가는 대륙의 중심이 될 것이라는 이야기였다.

그러다 보니 아베론의 영지민들도 새로운 이주민들을 환영했다. 이주민들이 아베론 영지에 잘 정착할 수 있도록 자발적으로 움직였다.

덕분에 레이샤드가 걱정하던 영주민 간의 갈등은 거의 일어나지 않았다.

하지만 그렇다고 아직 안심할 수 있는 상황은 아니었다. 영주민의 증가로 인해 신경 써야 할 문제는 영지민들 간의 화합만이 아니기 때문이었다.

"다들 신전 건립이라는 사명감을 가지고 아베론 영지에 온 이들입니다. 일반적인 이주민들과는 다를 겁니다."

레이샤드가 주최한 임시 영지 회의에서 아돌프는 엘리자베스를 대신해 긍정적으로 상황을 설명했다.

신전 건립이란 대륙의 모든 장인이 꿈꾸는 최고의 일이었다.

그것도 아베론 영지에 들어서는 신전은 간이 신전이 아니라 대신전이었다.

그토록 엄청난 일에 부름을 받은 영지민들은 대부분 장인이라 불리는 이들이었다.

당연히 불순한 의도를 가지고 아베론 영지를 찾아온 경우는 거의 없다시피 했다.

"그나저나 관리들이 고생하게 생겼네요."

레이샤드는 또 다른 문제점을 지적했다.

영지의 인구 수와 관리의 수는 서로 균형을 유지해야 했다. 그래야만 별다른 문제없이 영지를 운영할 수 있었다.

현재 아베론 영지의 관리 수는 아돌프를 포함해 6명에 불과했다.

제국 학회의 발표에 따르면 평균적으로 관리 1명당 200명에서 300명의 영지민들을 보살필 수 있다고 한다.

그 결과를 바탕으로 계산해 봤을 때 6명의 관리들로 감당할 수 있는 최대 인구수는 고작 1,800명에 불과했다.

5,000명의 인구를 바탕으로 역산하면 필요한 관리의 수는 최소 17명에서 최대 25명. 적어도 11명의 관리가 더 필요한 시점이었다.

"새로 온 영지민들을 대상으로 모집 공고를 내보는 게 어떻겠습니까?"

에이작이 넌지시 제안을 했다.

장인 중에는 제법 똑똑한 이도 적지 않았다. 그들 중 관심이 있는 자를 관리로 채용한다면 당장 부족한 인력 문제도 해결할 수 있을 것 같았다.

에이작은 이번 참에 휘하에 관리를 두는 것도 좋을 것 같다는 생각이 들었다.

아베론 영지의 내무를 담당하고 있긴 하지만 그가 맡고 있는 업무는 너무 광범위했다. 게다가 인력이 부족할 경우에는 다른 부서의 업무를 맡아 하는 경우도 적지 않았다.

그렇다고 자신보다 전문 인력을 끌어들이는 건 영 께름칙했다.

아베론 영지의 관리들 중 이름 있는 아카데미를 졸업한 전문 인력은 아돌프뿐이었다.

다들 아베론 영지의 관리였던 선친으로부터 일을 배웠다. 그러다 보니 전문성 논란 앞에서는 다들 민감할 수밖에 없었다.

비록 전문 교육을 받지는 못했지만 상대적으로 우수한 지능을 가진 장인들이라면 관리로 채용해도 큰 어려움은 없을 것 같았다.

그리고 장인이라면 관리들도 마음 편하게 아랫사람으로 대할 수 있을 것 같았다.

하지만 아돌프는 비전문적인 인력이 아베론 영지의 행정을 담당하는 걸 원치 않았다.

오히려 이런 때야말로 전문 인력을 배치해 아베론 영지 발전에 박차를 가해야 할 때라고 역설했다.

"새로 온 영지민들은 전부 신전 건설에 투입될 인구입니다. 그보다는 아카데미를 졸업한 인재들을 아베론 영지로 초청하는 편이 나을 것 같습니다."

아돌프가 강건한 얼굴로 좌중을 바라봤다. 하지만 애석하게도 그의 주장에 동조하는 관리는 단 한 명도 없었다.

"아카데미를 졸업한 인재들이라니요. 그들이 과연 아베론 영지까지 올 거라고 생각하십니까?"

"제 생각도 같습니다. 4천 명이 넘는 외지인이 영지로 들어왔는데 거기에 아베론 영지와는 아무 상관도 없는 아카데미 출신 인재들까지 채용하다니요? 자칫 잘못했다간 영지 분위기만 나빠질 겁니다."

재정을 담당하는 조르만과 상업을 담당하는 브루스가 부정적인 의견을 내비쳤다.

굳이 말을 꺼내지 않았지만 행정을 담당하는 모비드와 군무를 책임지는 페터슨의 표정도 크게 다르지 않았다.

안정적인 것을 추구하는 관리들에게 갑작스러운 영지민의 증가는 충분히 부담스러운 일이었다.

그런데 거기다 외부의 전문 인력까지 끌어들여야 한다는 아돌프의 주장은 더 큰 부담감만 안겨줄 뿐이었다.

하지만 아돌프도 이대로 포기할 생각은 없었다.

다른 관리들이 무엇을 두려워하는지 아돌프도 모르는 바는 아니었다.

상황은 조금 다르지만 제국에서도 황실 아카데미 출신 관리들과 비황실 아카데미 출신 관리들 사이에서는 보이지 않는 벽이 존재했다.

그들은 부서에 자리가 나면 어떻게든 자신과 동류의 사람을 앉히기 위해 부단히도 애를 썼다.

비록 아베론 영지의 관리들의 영지 관리 능력이 뛰어난 편이라 하더라도 전문 지식을 갖춘 전문 인력들이 들어오면 위기감을 느낄 수밖에 없었다.

최악의 경우 전문 인력에게 자신들의 자리를 내주게 될지 모른다는 불안감이 드는 것도 무리는 아니었다.

하지만 역설적으로, 아돌프는 그렇기 때문에 외부의 유능한 인재들을 끌어모아야 한다고 생각하고 있었다.

"영주님, 내년이면 영지에 아베론 아카데미가 세워집니다. 아베론 아카데미를 나온 인재들이 아베론 영지의 관리로 일을 하기 위해서는 그들을 이끌어줄 만한 전문 인력이 필요합니다."

아돌프가 레이샤드를 바라보며 말했다.

자신의 이 한마디가 그동안 쌓아왔던 관리들과의 신뢰를 깨뜨릴 수 있음을 잘 알고 있지만 아베론 영지의 미래를 위해서는 어쩔 수 없는 일이었다.

그러자 에이작을 비롯한 관리들의 표정이 하나같이 일그

러졌다. 그들은 마치 자신들의 자리라도 도둑맞은 것처럼 매서운 눈으로 아돌프를 노려봤다.

하지만 정작 아돌프의 시선은 레이샤드를 향해 있었다. 그리고 레이샤드는 아돌프의 눈빛 속에서 흔들리지 않는 충정을 느꼈다.

만일 이 같은 상황이 4개월 전에 벌어졌다면 레이샤드는 쉽게 결정을 내리지 못하고 우왕좌왕했을지 몰랐다.

그때의 레이샤드는 그저 아돌프가 정리해 올리는 서류를 살피는 것조차 버거운 수준이었다.

하지만 지금은 달랐다.

하루도 쉬지 않고 시험의 궁에 들어가 서류들을 꼼꼼히 살핀 덕분에 레이샤드의 판단 능력은 비약적으로 상승해 있었다.

"아돌프 경, 지금 영지에 필요한 게 큰 관리들인가요, 아니면 작은 관리들인가요?"

레이샤드가 아돌프를 바라보며 물었다.

그러자 아돌프가 자신도 모르게 입을 벌렸다. 비록 표현이 생소하긴 했지만 문제의 맥을 정확하게 짚은 레이샤드의 통찰력에 감탄한 것이다.

아돌프와 관리들은 새로 뽑을 관리들이 단순히 아카데미 출신이냐 아니냐를 두고 다투고 있었다.

레이샤드처럼 어디에 쓸 것인지를 먼저 생각하지 못했다.

"아베론 영지의 성장이 안정기에 접어든 것이라면 작은 관리들을 늘리는 게 옳습니다. 하지만 아베론 영지는 이제 막 성장해 나아가는 상황입니다. 그렇다면 당연히 큰 관리들을 두는 게 옳습니다."

아돌프가 관리들을 바라보며 말했다. 지금 아베론 영지는 격변기를 겪고 있었다.

그렇다면 먼저 관련 부서를 늘리고 전문 인력을 채용한 다음에 추후에 점진적으로 기타 인력을 늘리는 방향으로 나아가야 했다.

"다른 분들의 생각은 어떠세요?"

레이샤드가 관리들을 바라봤다. 그러자 관리들이 하나같이 입을 다물었다.

아돌프의 강경한 발언에 울컥하긴 했지만 작은 관리보다 큰 관리가 필요하다는 그의 주장에는 차마 이견을 제시할 수가 없었다.

"그렇다면 아돌프 경의 말대로 아카데미 출신 인재들을 영입하는 게 좋겠어요."

레이샤드가 영주로서 결단을 내렸다.

그의 정확한 결단에 누구 하나 반대의 목소리를 내지 않았다.

레이샤드는 관리들의 채용 권한을 아돌프에게 주었다. 아베론 영지에서 아카데미를 졸업한 전문 인력은 아돌프 뿐이 었다.

레이샤드는 아돌프가 자신들의 지인을 아베론 영지에 끌어들인다 해도 문제가 없을 것이라 여겼다.

아돌프의 성격상 실력이 되지 않는 자를 영입하려 하지는 않을 터.

홀로 아베론 영지를 이끄는 아돌프에게 이번 기회를 빌어 든든한 조력자가 생기길 바라는 마음도 없지 않았다.

그러나 정작 아돌프는 지체하지 않고 엘리자베스를 찾아 갔다.

단번에 수천 명의 인력을 동원할 수 있는 엘리자베스라면 분명 영지를 위해 일할 사람들을 찾는 데 도움을 줄 것이라는 확신 때문이었다.

아돌프는 엘리자베스가 대형 정보 길드와 밀접한 관련을 맺고 있다고 여겼다.

어쩌면 그 인연이 제국에 있을 때부터 이어져 온 것인지 모른다고 판단했다.

물론 아돌프도 나름의 정보망을 가지고 있지만 고작 북부의 몇몇 영지에 국한되는 수준이었다.

그리고 그 정도로는 제대로 된 관리들을 찾기가 요원한 상황이었다.

그렇다고 이미 다른 영지의 관리가 된 자들을 무리해서 아베론 영지로 데려오고 싶은 마음은 없었다.

그로 인해 벌어질 불필요한 긴장 관계를 감당하기에 아베론 영지는 아직 힘이 없었다.

"엘리자베스 님, 아베론 영지를 위해 일해 줄 관리들을 찾는 데 도움을 주셨으면 좋겠습니다."

아돌프가 정중하게 엘리자베스에게 도움을 요청했다.

그런 아돌프의 달라진 태도가 마음에 든 것일까. 엘리자베스가 흔쾌히 고개를 끄덕였다.

"아돌프를 도와줘."

엘리자베스는 아르메스에게 아베론 영지에 적합한 젊은 인재들을 찾으라고 지시했다.

"알겠습니다, 엘리자베스 님."

아르메스가 가볍게 고개를 숙였다.

그리고 자신이 장악한 정보 길드를 통해 아카데미를 졸업한 인재들 중에 아직까지 정착하지 못한 이들에 대한 조사를 시작했다.

제27장

어둠의 신전을 세워라 Part 3

1

 이틀 후 아베론 영지에서는 농경지에 심어놓았던 식물들의 수확이 시작되었다.

 본래 수확은 며칠에 걸쳐 순차적으로 진행할 계획이었다.

 경작지보다 20배나 넓은 농경지 전역을 뒤덮고 있는 식물들을 전부 거둬들이기란 말처럼 쉬운 일이 아니었다.

 하지만 아베론 영지에 외지인들이 들어오면서 상황이 달라졌다.

 사내들이야 대부분 신전 건립에 투입된다 하더라도 여자들은 딱히 할 일이 없었다.

그러다 보니 그들이 자발적으로 식물들의 수확을 돕겠다고 나선 것이다.

그 수가 자그마치 1,500명.

기존의 가용 노동 인구였던 400명의 4배에 가까운 수였다.

덕분에 푸른빛이 진하게 감돌던 농경지는 고작 이틀 만에 잿빛 대지로 돌변하고 말았다.

수확된 식물들은 병사들을 통해 부지런히 포션 생산 시설로 옮겨졌다.

그로 인해 골치가 아파진 건 모리스였다.

바로 얼마 전에 아베론 영지의 잉여 노동력에 맞춰 농경지를 분배했는데 1,500명이라는 인력이 더해진 탓에 농경지를 재분배하게 된 것이다.

모리스는 다른 일은 전부 미뤄두고 농경지 분배 작업에 매달렸다. 그리고 다음 날 농경지를 관리할 영지민들을 불러 모아놓고 재배 방법을 다시 설명했다.

가용 노동 인구가 늘어나다 보니 파종도 금세 끝났다.

외지인들은 아베론 영지에 정착하자마자 집은 물론이고 관리할 땅까지 생겼다며 무척이나 좋아했다.

다른 영지 같았으면 집단 반발을 일으켰을 아베론 영지 출신 영지민들도 흔쾌히 자신들이 관리하던 땅을 양보했다.

지금보다 아베론 영지가 더욱 성장할 것이라는 신의 계시를 받은 상황에서 고작 농경지를 두고 다툴 수는 없는 노릇이었다.

덕분에 농경지 재분배 문제는 별 탈 없이 마무리되었다.

2

농경지에 2차 파종이 끝난 지 이틀 뒤.

아베론 영지 남부 초소에 대규모 상단들이 줄을 이어 모습을 드러냈다.

"쥬어스 상단의 메카스타입니다."

가장 먼저 초소에 들어온 것은 골드마크의 주 거래처인 쥬어스 상단이었다.

지난번 진금의 거래 대금 중 50만 골드를 식량과 물품으로 받고 싶다는 골드마크의 요청에 따라 아베론 영지에 찾아온 것이다.

쥬어스 상단의 주된 거래 품목은 귀금속이었다.

그러다 보니 직접적으로 식량과 물품을 유통하기가 어려웠다.

그래서 쥬어드 상단은 서로 긴밀한 관계를 유지하고 있는 실로드 상단에 도움을 요청했다.

다행히 실로드 상단은 식량과 생필품들을 주로 담당하고

있었다.

"실로드 상단의 파카사라고 합니다. 쥬어스 상단을 대신해 식량을 가지고 왔습니다."

실로드 상단의 북부 거래를 담당하는 파카사가 수레에 가득 쌓인 식량들을 두드리며 말했다.

그것을 확인한 병사 제로크가 냉큼 고개를 숙였다.

"쥬어스 상단에서 오셨군요. 안으로 들어가십시오."

쥬어스 상단에서 곧 아베론 영지를 찾을 것이라는 지시는 며칠 전에 내려와 있었다.

그러다 보니 제로크도 제법 깍듯하게 영지의 손님들을 맞았다.

하지만 모든 상단이 제로크의 환대를 받은 건 아니었다.

"어디서 오셨습니까?"

"레만 상단에서 왔습니다. 아베론 영지에서 신전을 건설한다는 이야기를 듣고 자재들을 가지고 왔습니다."

"레만…… 상단이요?"

제로크는 냉큼 초소 안으로 들어가 최근에 내려온 서류를 살폈다.

하지만 그곳 어디에서도 레만 상단이라는 이름은 보이지 않았다.

"혹시 레만 상단이라고 들어봤어?"

제로크가 초소에 남아 있던 카론에게 물었다.

"레만 상단? 글쎄, 잘 모르겠는데?"

카론이 시큰둥한 얼굴로 말했다.

표정을 보아하니 단 한 번도 들어본 적이 없는 듯했다.

"따로 허가서가 내려온 것도 없는 것 같은데 어떻게 하지?"

제로크가 카론을 바라봤다.

단순히 아베론 영지를 기웃거리는 외지인이라면 군말없이 쫓아냈겠지만 상대는 상단이었다.

게다가 자신의 말처럼 건축에 필요한 자재들을 잔뜩 싣고 왔다.

"일단 성에 이 사실을 보고하도록 해. 그렇게 하면 뭔가 조치가 내려오겠지."

카론이 제로크에게 모든 일을 떠넘겼다.

"나 참."

나직이 구시렁거리던 제로크가 초소 옆에 붙은 마정석에 손을 올렸다.

잠시 후,

후아아앗!

투명했던 마정석이 시커멓게 변했다.

3

현 상단주 레일브란트가 선친에 이어 레만 상단을 물려받을 무렵, 레만 상단은 총체적인 난국에 빠져 있었다.

레만 상단의 주력 상품은 건축에 필요한 자재들이었다. 특히나 레만 상단은 신전과 같은 대형 건축물에 주로 건축 자재들을 공급해 왔다.

덕분에 주 활동 무대인 보르딘 왕국에서는 다섯 손가락 안에 드는 건축 자재 상단으로 발돋움할 수 있었다.

그러던 게 3년 전부터 일이 꼬이기 시작했다. 레만 상단의 성장을 배 아파하던 루뎀 상단이 주변의 영지들과 군소 상단들을 끌어들여 새로운 건축 자재 상단을 만든 것이다.

주변 세 개의 영지와 거래를 트고 있었던 레만 상단은 하루아침에 거래 영지를 전부 루뎀 상단에 빼앗겨 버렸다.

루뎀 상단은 그 틈을 놓치지 않았다. 마치 레만 상단을 완전히 무너뜨리려는 듯 상계의 불문율까지 어겨가며 건축 자재의 공급 단가를 턱없이 낮춰 버렸다.

덕분에 레만 상단은 재기조차 하지 못한 채 하루하루 존폐의 위기 속에 살아야 했다.

그 부담감이 새롭게 상단주가 된 레일브란트의 두 어깨를 무겁게 짓눌렀다.

레만 상단의 상인들은 하루가 멀다 하고 레일브란트를 찾아와 압박을 했다.

강경파들은 당장에라도 루뎀 상단과 전면전을 벌여야 한다며 언성을 높였다.

온건파는 루뎀 상단과의 경쟁을 포기하고 새로운 거래처를 찾아야 한다고 강요했다.

강경파와 온건파 사이에서 레일브란트는 쉽게 답을 내리지 못했다.

온건파의 말처럼 확실한 거래처가 생긴다면 또 모르겠지만 그전에 무모하게 상단을 옮겼다간 더 큰 수렁에 빠져들 수있었다.

그렇다고 강경파와 루뎀 상단의 바람대로 레만 상단이 건축 자재의 공급 가격을 낮출 수도 없었다.

가격 경쟁력을 확보하면 당장에는 루뎀 상단과의 경쟁에서 우위를 점할 수 있었다.

하지만 장기적인 안목으로 봤을 때 결국 제 살 깎아먹기에지나지 않게 된다.

궁지에 몰린 레일브란트는 매일같이 신전을 찾아가 기도했다.

레만 상단이 이토록 어려운 상황에 빠진 게 하늘의 뜻이라면 신들에게 그 길을 찾는 게 옳다고 여겼다.

하지만 다소 부족한 신앙심 탓일까.

시간이 날 때마다 신전을 찾아가 봤지만 레일브란트는 아무런 신의 응답도 받지 못했다. 거액의 헌금을 해도 마찬가지였다.

"하아……. 레만 상단은 이대로 무너지고 마는 것인가……."

무겁게 체념하던 레일브란트의 눈에 낡은 저울이 들어왔다.

다른 때 같았으면 그저 넘기고 말았을 저울이지만 그날따라 저울은 유난히도 레일브란트의 시선을 잡아끌었다.

'한번 고르디아 님께 기도해 볼까?'

레일브란트는 저울에 쌓인 먼지를 털어내며 마음속으로 고르디아에게 기도를 올렸다.

비록 마신이긴 하지만 고르디아는 재물을 관장하는 여신. 상인에게는 지금껏 기도해 왔던 천신들보다 훨씬 가까운 존재였다.

그리고 놀랍게도 레일브란트는 고르디아의 응답을 받았다.

내 아들아, 모든 것을 가지고 북으로 가라. 가서 나를 위한 신전을 세우는 데 도움을 주도록 해라.

깜짝 놀란 레일브란트가 손에 쥔 저울을 바라봤다. 놀랍게도 잔뜩 녹이 슬어 있던 저울이 새로 만든 것처럼 번쩍번쩍 빛이 나 있었다.

그것이 신탁이라고 확신한 레일브란트는 자리에서 벌떡 일어났다. 그리고 정보 상인들과 정보 길드를 통해 대륙 북쪽의 소식을 살폈다.

아베론 영지에서 대규모 신전이 지어질 계획이라는 사실을 전해 들은 레일브란트는 당장에 상단 회의를 소집했다.

그리고 아베론 영지에 남은 건축 자재들을 팔아 보겠다며 승부수를 던졌다.

다른 때 같으면 갑론을박을 펼쳤을 상인들도 그날만큼은 레일브란트의 뜻에 동조했다. 그것이 지금으로부터 보름 전의 이야기다.

레일브란트는 상단에 보관되어 있는 A급 자재들을 전부 싣고 아베론 영지로 향했다.

아베론 영지와 협의가 된 바는 아무것도 없었지만 고르디아 여신의 뜻을 받들어 망설임없이 움직였다.

하지만 영지와 상단간의 거래란 단순이 물건을 싣고 온다고 해서 이루어지는 건 아니었다.

"상단주님, 괜찮을까요?"

심상찮은 초소의 분위기를 직감한 듯 부상단주 암만이 불안한 표정을 지었다.

아베론 영지는 특수한 곳이었다.

다른 영지들과는 달리 폐쇄적인 곳이었고 그만큼 위험한 곳이었다.

그런 곳에 무작정 건축 자재들부터 싣고 왔으니 걱정이 앞서는 게 당연했다.

설사 영지의 초소를 통과한다 하더라도 문제였다.

먼저 거래 단가를 정하고 계약서를 쓴 다음에 물품을 옮기는 것과 물품부터 가지고 온 건 차이가 컸다.

레만 상단의 입장에서는 만에 하나 아베론 영지와의 거래를 성사시키지 못할 경우 막대한 운송비만 날리게 될 수 있었다.

그러다 보니 무슨 수를 써서라도 아베론 영지와 거래를 성사시켜야 했다.

만일 아베론 영지 쪽에서 그런 레만 상단의 약점을 악용해서 물품 가격을 후려치기라도 한다면?

레만 상단으로서는 또다시 큰 손해를 볼 수밖에 없었다.

하지만 레일브란트는 걱정 없다는 표정을 지었다.

이번 신탁은 레만 상단의 고난을 해결하기 위해 내려준 것이라고 여겼다.

레만 상단을 또다시 시험에 들게 만들려 했다면 굳이 신탁을 내릴 필요가 없었다.

"저만 믿으십시오. 분명 좋은 소식이 있을 겁니다."

레일브란트가 암만의 어깨를 두드렸다.

바로 그 순간,

"늦어서 죄송합니다."

초소 안으로 들어갔던 제로크가 허겁지겁 모습을 드러냈다.

"어떻게 됐습니까?"

암만이 조마조마한 얼굴로 물었다.

만에 하나라도 아베론 영지에서 허가를 내려주지 않는다면 협상조차 하지 못하고 상단을 돌릴 수밖에 없었다.

그러자 제로크가 공손한 얼굴로 고개를 숙였다.

"영주님께서 레만 상단의 입성을 허락하셨습니다."

"고맙습니다."

레일브란트가 그럴 줄 알았다며 씩 웃음을 보였다.

4

레일브란트를 앞세운 레만 상단은 줄을 지어 초소를 빠져나갔다.

잠시 후, 레만 상단처럼 아베론 영지에 건축 자재를 대기 위한 상단들이 초소에 얼굴을 내밀었다.

"아베론 영지에서 큰 신전을 세운다고 해서 최고급 자재들을 가지고 찾아왔습니다."

"하하. 이거 얼마 안 되지만 영주님께 잘 말씀드려 주십시오."

상단의 상인들은 웃으며 제로크에게 금화를 쥐어주었다.

"뭘 이런 걸 다."

제로크도 싫지 않은 얼굴로 초소 안으로 들어갔다. 그리고 다시 마정석을 통해 아베론 영지에 상단들의 입성 허가를 요청했다.

명단에 없던 레만 영지가 통과된 만큼 제로크는 다른 상단들도 영지 안으로 들어갈 수 있을 것이라 기대했다.

하지만 되돌아온 답변은 불가.

덕분에 제로크만 난처한 상황에 놓이게 됐다.

"제길, 좋다 말았네."

제로크는 상인들에게 마지못해 금화를 되돌려 주었다. 그리고 냉정한 병사의 모습으로 그들 앞을 막았다.

레만 상단이 아베론 영지로 향한다는 소식에 서둘러 건축 자재들을 실어 왔지만 상단들은 결국 아베론 영지는 구경조차 하지 못하고 물러나고 말았다.

자연스럽게 아베론 영지에 세워질 신전 건립을 위한 건축 자재 공급 독점권은 레만 상단의 손에 쥐어졌다.

하지만 그렇다고 해서 레만 상단이 막대한 이득을 누리게 된 것은 결코 아니었다.

"레만 상단이라고 하셨습니까?"

"그렇습니다."

"여기, 아베론 영지에서 제시할 수 있는 단가입니다. 읽어 보시고 서명하십시오."

골드마크가 레인하르트에게 계약서를 내밀었다. 그 안에는 레만 상단이 기대한 것보다 낮은 거래 단가가 적혀 있었다.

"상단주님, 조건이 좋지 않습니다."

계약서를 재빨리 살핀 암만이 이맛살을 찌푸렸다.

어느 정도 수익성이 보장되긴 했지만 이 정도로는 레만 상단을 재건하는 데 큰 도움이 되지 않았다.

하지만 레일브란트의 생각은 달랐다.

"가지고 온 자재들을 팔지 못하면 레만 상단의 미래는 없습니다."

"하지만……."

"지금은 욕심을 부릴 때가 아닙니다. 절 믿으십시오."

레일브란트는 이번 거래 또한 고르디아가 예비한 것이라

고 생각했다.

당연히 레만 상단에 손해가 되는 거래는 아닐 것이라고 확신했다.

레일브란트는 계약서 하단에 자신의 이름을 적고 레만 상단을 상징하는 인장을 찍었다. 그리고 계약서를 골드마크에게 내밀었다.

"그럼 이것으로 계약은 성사되었습니다."

골드마크가 만족스러운 얼굴로 고개를 끄덕였다.

공개 입찰을 통해 받을 수 있는 입찰가보다도 낮은 단가에 거래를 채결했으니 이만하면 훌륭한 거래라는 생각이 들었다.

엘리자베스는 신전 건립에 재화를 아끼지 말라고 당부했다.

하지만 브론즈 남작가의 재정을 책임지는 입장에서 불필요한 지출은 가급적 삼가고 싶었다.

그것이 자신을 선택해 준 엘리자베스에 대한 보답이라고 여겼다.

그러나 골드마크가 거래 가격을 너무 낮게 책정한 탓에 레만 상단의 이익이 대폭 줄어든 것도 사실이었다.

"아실지 모르겠지만 저희 레만 상단의 사정이 많이 좋지 않습니다. 그 점을 헤아려 주십시오."

레일브란트를 대신해 암만이 골드마크를 바라보며 간청했다.

이익을 남겨야 하는 상단의 입장에서 봤을 때 이번 거래는 아베론 영지에 지나치게 유리한 계약이었다.

건립될 신전의 규모상 제법 막대한 양의 건축 자재들이 필요하긴 하겠지만 그것만으로는 기대했던 이득을 남기기가 어려웠다.

암만은 골드마크가 거래가를 조금 더 높여주길 바랐다. 그것이 어렵다면 레만 상단에게 나름의 특권을 주길 바랐다.

"그렇다면 향후 5년간 아베론 영지에서 필요한 모든 건축 자재를 레만 상단에서 공급받도록 하겠습니다."

잠시 고심하던 골드마크가 암만에게 공급 독점권을 제안했다.

"하아. 그렇게라도 신경 써 주시니 감사합니다."

암만이 내키지 않은 얼굴로 고개를 끄덕였다.

거래 독점권을 약속해 준 것 자체가 고맙긴 했지만 아베론 영지처럼 별 볼 일 없는 곳에서 얼마나 많은 건축 자재들을 필요로 할지는 장담하기 어려웠다.

하지만 레일브란트의 표정은 달랐다.

"저희 레만 상단을 믿어주십시오. 실망시키지 않도록 최선을 다하겠습니다."

마치 대영지와 공급 독점 계약이라도 맺은 것처럼 무척이나 좋아했다.

물론 레일브란트도 아베론 영지의 사정에 대해서는 잘 알고 있었다.

현재의 아베론 영지를 감안한다면 공급 독점 계약 자체가 유명무실하게 여겨질 수 있었다.

그러나 아베론 영지가 고르디아의 축복을 받고 있는 곳이라면 이야기가 달라진다.

본래 신의 관심을 받는 영지는 잘되게 마련이다. 그런 곳과 독점 계약을 맺었다는 것 자체가 레만 상단에게는 큰 행운이나 마찬가지다.

아베론 영지의 입장에서도 결코 손해보는 장사가 아니었다.

어차피 아베론 영지의 안정적인 발전을 위해서는 건축 자재상과의 계약이 필수적이었다.

남쪽을 제외하면 아베론 영지는 삼면이 마기로 둘러싸여 있었다.

자체적인 건축 자재 수급이 불가능한 현재의 입장에서는 전적으로 외부에 의존할 수밖에 없었다.

하지만 아베론 영지가 더욱 발전하게 된다면 이야기는 달라진다.

마법진의 영역을 점진적으로 확대한다면 아베론 영지도 얼마든지 자체적인 건축 자재 수급이 가능해진다.

그래서 골드마크는 독점 공급 계약의 시한을 5년이라 못 박았다.

암만의 생각처럼 별 볼 일 없는 독점 계약으로 생색을 내려 했다면 아마 100년쯤 선심을 썼을 것이다.

"여기 있습니다."

골드마크가 즉석에서 건축 자재와 관련한 독점 공급 계약서를 써 주었다.

신전 건축에 대한 전권을 위임받으면서 자연스럽게 상단과의 거래권도 보장받았다.

게다가 아베론 영지에 전혀 손해될 게 없는 계약인만큼 독점적인 권한을 인정해 줘도 상관없어 보였다.

"감사합니다!"

레일브란트는 떨리는 손으로 골드마크가 내민 독점 공급 계약서를 받아 들었다. 그리고 암만을 바라보며 감격 어린 표정을 지었다.

"잘…… 됐습니다, 상단주님."

암만이 마지못해 웃음을 흘렸다.

하지만 그의 머릿속은 이번 거래로 인한 레만 상단의 이득이 얼마인지 계산하느라 정신이 없었다.

5

건축가 레이먼드는 갈바노 왕국에서도 손꼽히는 건축가였다.

그는 건축가라면 누구나 꿈꾸는 신전 건축에 관심이 많았다.

그래서 톨로이의 계시를 받았을 때 미련없이 갈바노 왕국을 떠나 아베론 영지로 찾아왔다.

아베론 영지는 듣던 것 이상으로 황폐했다.

영지민들의 표정은 밝았지만 그것만으로는 아베론 영지의 성장 가능성을 가늠하기가 어려웠다.

그러다 보니 레이먼드는 신전 기둥을 세워보지도 못하고 건축이 취소되면 어쩌나 하는 걱정이 앞섰다.

그래서 1,500명이나 되는 장인들 중에 신전 건축의 총책임자로 임명되었을 때에도 솔직히 기쁨보다는 우려감이 앞섰다.

그런데…… 실로 복잡하게 그려진 신전 건축 설계도를 본 이후로 그의 표정이 달라졌다.

"저, 정말로 이렇게 큰 신전을 세울 생각이십니까?"

레이먼드는 일단 신전의 규모에 놀랐다.

어림짐작으로 파악한 크기는 어지간한 왕국의 수도에나 세워지는 대신전에 버금갈 정도였다.

그보다 더 놀라운 것은 대륙의 일반적인 신전과 차별화된 건축 양식이었다.

일반적으로 대륙의 신전은 특정 신만을 섬기기 때문에 그 구조가 직사각형을 이루고 있었다.

그에 비해 설계도에 그려진 신전의 중앙 신전은 원형이었다.

동시에 여러 신께 기도를 올릴 수 있도록 배려한 결과였다.

나이에 비해 경험이 많다 자부해 온 레이먼드지만 그 역시도 정형화된 건축만 일삼아 왔다.

다소 특이한 건축물은 대개 수십 년의 경력을 갖춘 전문가들이 도맡곤 했다.

그래서일까.

레이먼드는 대륙에 존재하지 않는 새로운 형식의 신전 건축 설계 도면만으로도 도전 정신이 생겼다.

이처럼 엄청난 건축을 자신이 주도할 수 있다는 사실만으로도 절로 피가 끓어올랐다.

"어떤가? 할 수 있겠나?"

가르시아가 레이먼드를 바라보며 물었다.

그러자 레이먼드가 기다렸다는 듯이 고개를 끄덕였다.

"해보겠습니다. 아니, 꼭 해내겠습니다. 그러니 저를 믿고 맡겨주십시오."

레이먼드의 두 눈에서 장인만의 열정과 고집을 확인한 가르시아가 가볍게 웃음을 흘렸다.

다른 장인들 같으면 낯선 도면에 지레 겁을 냈을 텐데도 레이먼드는 달랐다. 오히려 새로운 도전을 마다하지 않았다.

수많은 젊은 장인 중에서 가르시아가 레이먼드를 선택한 것도 바로 그러한 이유 때문이었다.

인간이기 때문에 다소 시행착오를 겪겠지만 신전 건축이 끝날 때쯤이면 레이먼드는 아베론 영지의 장인들을 이끄는 최고의 장인으로 성장해 있을 것이다.

"좋아. 자네에게 모든 것을 맡기지."

가르시아는 레이먼드에게 1,500명의 장인을 지휘할 수 있는 권한을 주었다. 또한 적재적소에 인물들을 배치할 인사권도 주었다.

"저, 정말 제가 그래도 되겠습니까?"

레이먼드가 믿기지 않는다는 눈으로 가르시아를 바라봤다.

일반적으로 이 같은 권한은 으레 영지의 귀족이나 관리들이 갖게 마련이었다.

마땅한 사람이 없다 하더라도 건축주의 친인척, 하다못해 건축주와 가장 가까운 장인이 나서게 되어 있었다.

그래서 대륙의 건축에는 잡음이 많았다.

특히나 신전과 같은 대형 건축의 경우 불필요한 간섭들이 오가면 예정보다 한두 해 늦어지는 건 예삿일이었다.

하지만 엘리자베스는 신전을 2년 안에 짓겠다고 계획하고 있었다. 그리고 엘리자베스의 계획이 현실이 되기 위해서는 장인들이 한 치의 오차도 없이 움직여 줘야 했다.

엘리자베스의 의지를 받들기 위해서 가르시아는 레이먼드를 선택했다.

신전 건축에 대해 알지 못하는 관리를 내세우는 것보다 유능한 장인에게 전부 맡기는 게 나았다.

그래야만 불필요하게 시간을 허비하는 일 없이 신전을 빠른 시간 안에 세울 수 있었다.

"자네가 큰 실수를 하지 않는 이상 약속한 권한을 빼앗는 일은 없을 것이네. 대신 신전을 2년 안에 완성시켜야 하네. 할 수 있겠나?"

가르시아가 레이먼드를 똑바로 바라봤다. 그러자 레이먼드의 얼굴에 절로 난색이 떠올랐다.

보통 대신전을 건축하는 데 필요한 시간은 대략 10년 정도다. 시간을 최대한 단축시킨다 하더라도 8년 정도가 한계였다.

물론 아베론 영지의 신전 건립은 상황이 달랐다. 족히 수년은 걸리는 신전의 터 닦기가 끝이 난 상태였다. 게다가 완벽한 설계 도면까지 갖추고 있었다.

일반적인 대륙의 신전 건립의 경우 설계도는 신전 건립과 함께 구상하기 시작해 지속적으로 수정 보완되는 경우가 대부분이었다.

전문적으로 설계만을 담당할 수 있는 인력이 부족한데다가 한 치의 오차도 없는 설계를 하는 게 불가능하기 때문에 어쩔 수 없이 시행착오를 겪어가는 것이다.

그에 비해 가르시아가 만든 설계도는 너무나 꼼꼼하고 완벽해 손볼 곳이 없었다.

이 설계도대로만 진행을 한다면 시간을 더욱 단축시킬 수 있었다.

그렇다 하더라도 최소 4년이다.

그런데 그 시간을 다시 절반으로 줄이라니. 레이먼드는 솔직히 자신이 없었다.

하지만 레이먼드와 함께하는 장인의 신 톨로이는 걱정할 것 없다며 그에게 힘을 불어넣어 주었다.

"해…… 보겠습니다."

레이먼드가 힘겹게 고개를 끄덕였다.

이성적으로는 불가능한 일이지만 왠지 모르게 가능할 것

도 같다는 생각이 들었다.

"자네만 믿겠네."

가르시아가 만족스러운 얼굴로 씩 웃음을 흘렸다. 그렇게 아베론 영지의 신전 건축이 시작되었다.

6

공식적으로 대륙에 어둠의 신전은 존재하지 않았다.

신전이 없으니 당연히 신전에 속한 어둠의 신관들도 없었다.

하지만 은밀히 어둠의 신들을 섬기는 신실한 자들은 대륙에 아직 남아 있었다.

카시아스도 그런 이들 중 하나였다. 그는 300년 전에 사라지다시피 했던 크로노스 왕국 남부의 어둠의 신관의 후예였다.

어둠의 신관들은 다른 신관들과 달리 결혼을 통해 자식을 볼 수 있었다.

그래서 카시아스의 선조들은 언제고 부활할 크로노스 왕국을 기다리며 대를 이어 어둠의 신들을 섬겨 왔다.

비록 기도를 올릴 신전조차 없는 상황이었지만 카시아스는 낙담하지 않았다.

카시아스는 선조들처럼 굳건한 믿음을 가지고 크로노스 왕국의 부활을 기다렸다.

그런 카시아스에게 응답한 건 다름 아닌 어둠의 마신, 크라우스였다.

크라우스는 대륙의 유일한 대신관감인 그의 꿈에 나타나 아베론 영지로 가서 어둠의 신전을 재건하는 일을 도우라 명했다.

그리고 새롭게 지어질 어둠의 신전의 대신관이 되어 자신들을 섬기라 지시했다.

크라우스의 목소리를 전해 들은 카시아스는 망설이지 않고 가족회의를 소집했다. 그리고 자식들에게 크라우스의 의지를 전했다.

카시아스의 부인을 제외한 네 자식들은 카시아스처럼 신관의 재목으로 자랐다.

덕분에 당장에라도 카시아스를 도와 어둠의 신전을 일으켜 세우는 데 도움이 될 수 있었다.

"너희는 어떻게 하겠느냐?"

카시아스가 자식들을 바라보며 물었다.

다들 자신을 대신할 재목으로 손색이 없었지만 계시를 받은 건 카시아스 뿐이었다.

제아무리 가장이라 하더라도 자신의 선택을 자식들에게

무작정 강요할 수는 없는 노릇이었다.

만일 자식들이 다른 생각을 가지고 있다면 카시아스도 만류하지 않을 생각이었다.

어디에서 무엇을 하건 어둠의 신관의 후예로서 선조들의 뜻을 이어 갈 수만 있다면 상관없다는 게 카시아스의 지론이었다.

하지만 카시아스의 자식들은 이대로 카시아스와 헤어질 생각이 없었다.

"당연히 아버지를 따라 가겠습니다."

장남인 다니엘이 가장 먼저 대답했다.

뒤이어 무네와 나이만, 스탈링이 차례대로 고개를 끄덕였다.

"내가 갈 곳은 아베론 영지다. 너희도 들어 알고 있겠지만 아베론 영지는 척박한 곳이다. 어쩌면 크로노스님의 뜻을 따르다 죽게 될 수도 있다."

카시아스가 쉽지 않은 일이 될 것이라고 말했다.

은밀히 어둠의 신들을 섬기느라 주변과 단절된 삶을 살다 보니 카시아스는 세상 돌아가는 사정을 잘 알지 못했다.

그래서 선친으로부터 들었던 아베론 영지만을 기억하고 있었다.

30년 전쯤의 아베론 영지는 사람이 살지 못하는 땅이었다.

영지민들이 급격히 빠져나갈 만큼 마기의 오염이 심각한 상태였다.

"아버지, 어째서 아베론 영지에는 사람들이 살 수 없어요?"

아이들이 커서 세상일에 대해 관심을 갖기 시작할 무렵, 카시아스는 매번 같은 질문을 받아야 했다.

다른 아이들 같았다면 아베론 영지가 마기에 물들었다는 이야기만으로도 잔뜩 겁을 먹었을 것이다.

그만큼 마기에 대한 세상의 인식은 두렵고 끔찍한 것이었다.

그러나 카시아스의 아이들은 달랐다.

어둠의 신관의 후예로 태어나 어둠의 신을 모시기로 마음먹은 아이들은 마기에 대해 거리낌이 없었다.

그럴 때마다 카시아스는 곤혹스러웠다.

어둠의 신관으로서 마기조차 이겨내지 못한다는 현실을 어떻게 설명해야 할지 난감하기만 했다.

카시아스의 아이들처럼 대륙민들이 흔히 하는 오해가 한 가지 있다.

어둠의 신을 믿는 자들은 마기에 영향을 받지 않는다는 것이다.

물론 마기라는 게 근본적으로 마계에서 흘러나온 기운이

고, 그 근원이 마신이라는 점을 감안하자면 틀린 말은 아니다.

마계에 살고 있는 마족들은 마기를 공기처럼 마시며 살아간다.

마족들은 마신을 섬기는 존재들.

그렇다면 마신을 섬기는 인간들도 당연히 마기에 강한 내성을 가지고 있어야 한다.

마족처럼 마기를 공기삼아 살기는 어렵겠지만 적어도 마기 때문에 죽거나 병드는 일은 없어야 한다는 게 일반적인 생각이었다.

하지만 제아무리 마신을 섬긴다 하더라도 인간이 감당할 수 있는 마기에는 한계가 있었다.

만일 어둠을 섬기는 인간들이 마기에 절대적인 내성을 가지고 있다면 크로노스 왕국은 결코 멸망하지 않았을 것이다.

그러나 마계의 문이 열리고 가장 큰 피해를 본 것은 암흑 왕국이라 불렸던 크로노스 왕국이다.

마신들을 열렬히 섬겨온 암흑 왕국의 백성들도 쏟아지는 마기를 이겨내지 못한 것이다.

인간뿐만 아니라 마족들도 마찬가지였다. 감당할 수 없는 마기 근처에는 얼씬도 하지 않았다. 괜히 호기를 부렸다간 마기에 잡아먹힐 수 있기 때문이었다.

인간들 중에서도 마신들의 곁에 가까이 머물러 있다는 어둠의 신관의 사정도 크게 다를 게 없었다.

받아들일 수 있는 마기의 양은 일반인에 비해 많았지만 그뿐이다.

결국 그 마기를 신마력(암흑 신관들에게 주어지는 신성한 힘)으로 승화시키지 못할 경우 독이 될 수밖에 없었다. 최악의 경우 신마력이 폭주해 목숨을 잃게 될 수도 있었다.

그만큼 어둠으로 물든 아베론 영지는 위험천만한 곳이었다.

게다가 본래 신들은 인간이 감당하기 어려운 일을 맡길 때 나타나는 법이다. 당연히 아베론 영지에 아무런 준비도 되어 있지 않을 것이라 생각했다.

영지민들조차 살지 못하는 영지에 신전의 터전을 잡고 신전을 세운다는 건 어쩌면 평생을 바쳐도 불가능한 일일 수 있었다.

카시아스는 자식들이 안이한 마음으로 자신을 따라나서는 것은 아닐까 걱정스러웠다.

하지만 카시아스의 자식들도 아무 생각 없이 카시아스를 따라 나서겠다고 한 것은 아니었다.

"아베론 영지가 얼마나 위험한지는 저희도 잘 알고 있어요. 그래도 크라우스 님의 뜻이 아베론 영지에 있는 거잖아요. 그렇다면 당연히 저희도 가야죠."

"아버지 혼자 아베론 영지에서 고생하시게 놔둘 수는 없어요. 저희도 도울게요. 돕게 해주세요."

카시아스의 자식들은 한목소리로 카시아스를 설득했다. 그들의 진심에 카시아스도 이내 마음이 흔들렸다.

"후회할지 모른다."

"나중에 후회하더라도 아버지를 홀로 보낼 수는 없어요."

"너희들의 뜻이 그렇다면…… 좋다. 함께 가자꾸나."

한참을 고심하던 카시아스는 어렵사리 결단을 내렸다. 그의 결정에 가족들은 진심으로 기뻐했다.

카시아스의 가족들은 곧장 아베론 영지로 떠날 채비를 서둘렀다.

아베론 영지를 험지로 알고 있다 보니 이것저것 챙겨야 할 게 많아졌다.

그러나 터전을 옮기는 일은 쉽지 않았다. 백여 년간 대를 이어 살아온 곳이다 보니 가져가야 할 게 너무 많았다.

"무네. 이것들은 두고 가는 게 좋지 않겠어?"

"아베론 영지에 제대로 된 게 있을 리 없잖아요. 그냥 전부 가져가요."

"우리는 크라우스 님의 뜻을 따르기 위해 아베론 영지에 가는 거야. 이사를 가는 게 아니라고."

"그래도 앞으로 계속 아베론 영지에서 살기 위해서는 이것들이 전부 필요하다고요."

이삿짐을 두고 다니엘과 무네는 크게 대립했다.

두 사람의 생각이 틀리지 않았기 때문에 다른 가족들도 쉽게 답을 내리지 못했다.

'아무래도 시간이 걸리겠어.'

카시아스는 고개를 흔들었다.

가족들의 동의를 얻은 만큼 당장에라도 아베론 영지로 향하고 싶지만 현실적으로 많은 시간이 걸릴 것 같았다.

그런 카시아스의 고민을 헤아려 준 것일까.

그날 밤. 카시아스의 꿈속에 또다시 크라우스가 나타났다.

크라우스는 아베론 영지에 가면 모든 것이 준비되어 있을 것이라고 말했다.

그러니 걱정하지 말고 공간 이동 마법진을 통해 아베론 영지로 향하라고 말했다.

잠에서 깨어난 카시아스의 머리맡에는 묵직한 금화 주머니가 놓여 있었다. 그 안을 확인한 카시아스는 깜짝 놀랐다.

무려 3,000골드.

여섯 식구가 공간 이동 마법진을 이용하고도 남을 거액의 금화가 들어 있었다.

"감사합니다, 크라우스 님."

카시아스는 그 자리에서 무릎을 꿇고 크라우스에게 감사 기도를 올렸다. 그리고 준비했던 이삿짐들 중에서 꼭 필요한 것만을 챙긴 뒤 집을 나섰다.

그로부터 이틀 뒤.

후아아아앗!

카시아스의 가족은 공간 이동 마법진을 통해 아베론 영지에 도착할 수 있었다.

눈부신 섬광 이후에 비춰진 세상은 예상했던 것과 크게 다르지 않았다.

다른 영지들에 비해 어둑한 대지. 그리고 마치 전쟁으로 폐허가 된 듯한 영지의 풍경.

카시아스를 비롯한 가족의 얼굴에 절로 긴장감이 어렸다.

"어서 오십시오. 기다리고 있었습니다."

아베론 영지를 대표해 아르메스가 카시아스 가족을 맞았다.

다른 이들도 아니고 장차 어둠의 신전을 이끌 이들이다 보니 아르메스의 얼굴에는 반가움이 가득했다.

"혹시…… 아베론 영지에서 오신 분이십니까?"

카시아스가 조심스럽게 물었다.

아베론 영지의 사람이기 때문일까.

상대에게서 마기의 향기가 생각보다 강하게 느껴졌다.

그러자 아르메스가 가볍게 고개를 끄덕이며 말했다.

"그렇습니다. 걱정하지 마시고 저를 따라오십시오."

아르메스는 카시아스 가족을 이끌고 모비드에게 향했다. 그리고 직접 아베론 영지의 영지민으로 등록을 해준 뒤에 곧장 엘리자베스의 방으로 데려 갔다.

"어서 오세요. 먼 길 오느라 고생 많았어요. 엘리자베스라고 해요."

엘리자베스가 환하게 웃으며 카시아스 가족을 맞았다.

순간 카시아스는 몸을 부르르 떨었다.

환영처럼 엘리자베스의 주변을 휘감고 있는 은은한 신력을 본 것이다.

신력은 오직 신이나 신이 될 수 있는 존재들만이 가지고 있다.

제아무리 마계의 이름 높은 귀족들이라 하더라도 신이 될 자격을 갖추지 못한 자들에게는 신력이 허락되지 않았다.

덕분에 카시아스는 어렵지 않게 엘리자베스의 정체를 알아챌 수 있었다.

천계와의 협정 때문에 마신은 함부로 중간계에 내려올 수 없다.

그것은 천신들도 마찬가지.

대륙의 역사상 신의 강림은 수천 년 전 이후로 사라졌다.

만일 정말로 마신이 강림했다면 아마 아베론 영지에는 천신의 계시를 받고 몰려든 수많은 신관으로 북적거렸을 것이다.

영주의 허락도 받지 않고 영지 곳곳을 에워싼 뒤에 마신을 몰아내겠다며 성력을 퍼붓고 있었을 것이다.

하지만 아베론 영지는 고요하기만 했다.

그렇다면 남는 건 마신이 될 수 있는 존재들.

즉 마계의 황족들뿐이다.

카시아스는 엘리자베스를 처음 봤을 때 아름답다는 생각보다 크라우스의 형상이 먼저 떠올랐다. 그래서 어쩌면 엘리자베스가 크라우스의 친혈족일지 모른다는 생각이 들었다.

그런 카시아스의 속마음을 읽은 것일까.

"지금 생각하고 있는 게 맞아요."

엘리자베스가 선뜻 자신의 정체를 일러주었다.

"어둠의 종복이 어둠의 주인을 뵙습니다."

카시아스는 냉큼 엘리자베스 앞에 절을 올렸다. 그러자 카시아스의 가족들도 납작 몸을 엎드렸다.

스스로를 어둠의 종복이라 자처하는 어둠의 신관들이 어둠의 주인이라 부를 수 있는 대상은 한 가지뿐이었다.

마신과 그의 가족들.

어둠의 종복들에게는 절대적인 경외의 대상이나 마찬가지였다.

"다들 일어나세요."

엘리자베스가 웃으며 가볍게 손을 들어 올렸다.

"아, 알겠습니다. 주인님."

카시아스와 가족들이 조심스럽게 몸을 일으켰다.

그런 그들을 엘리자베스가 만족스러운 얼굴로 바라보았다.

"그대가 카시아스인가요?"

엘리자베스의 시선이 곧장 카시아스에게 향했다.

크라우스가 직접 선택했다는 어둠의 신전의 대신관이다. 장차 어둠의 신전을 이끌 기둥이나 마찬가지였다.

"그, 그렇사옵니다. 주인님."

카시아스가 한 걸음 앞으로 나와 깊숙이 고개를 숙였다.

비록 어둠의 신전이 사라진 지 오래지만 그는 신을 대하는 법을 제대로 익히고 있었다. 그 모습이 엘리자베스를 더욱 흡족하게 만들었다.

"카시아스, 이곳에 어둠의 신전을 세울 수 있게 도와줘요."

엘리자베스가 정중하게 청했다. 그러자 카시아스가 다시 깊숙이 고개를 숙였다.

"무엇이든 맡겨만 주십시오. 제 삶이 다하는 순간까지 오직 주인님을 위해 살겠습니다."

카시아스의 신실한 믿음을 확인한 엘리자베스가 기쁜 얼굴로 고개를 끄덕였다.

카시아스라면 아베론 영지민들도 잘 끌어안을 수 있을 것 같았다.

7

"아……!"

웅대하게 펼쳐진 신전의 터전을 내려다보며 카시아스는 자신도 모르게 감탄을 터뜨렸다.

놀랍게도 1,500명의 장인이 구슬땀을 흘리며 짓고 있는 신전은 예상했던 것처럼 작은 신전이 아니었다.

감히 자신이 이끌 수 있을지 걱정이 앞설 만큼 큰 신전이었다.

"신전은 언제쯤 완성이 될까요?"

넋이 나가버린 카시아스를 대신해 호기심 왕성한 그의 첫째 아들 다니엘이 조심스럽게 물었다.

아직 젊은 탓일까.

이토록 거대한 신전에서 마신들을 섬기게 될 것이라는 사실만으로도 절로 흥분이 이는 모양이었다.

"엘리자베스 님께서는 2년이라고 하셨습니다."

아르메스가 나직이 대답했다.

그러자 다니엘은 물론이고 카시아스와 그의 가족들이 입

을 쩍 하고 벌려 버렸다.

일반적으로 큰 신전을 짓는 데 걸리는 시간은 10년 안팎이다.

비록 터전이 단단하게 다져 있다고는 하지만 그렇다 하더라도 2년이라는 시간은 현실적으로 불가능한 게 사실이었다.

하지만 신실한 믿음을 가지고 있는 카시아스는 2년이라는 시간을 곧이곧대로 받아들였다.

그의 가족들도 마찬가지였다.

다른 이도 아니고 카시아스가 어둠의 주인이라 불리는 이의 뜻이니 그렇게 이루어질 것이라는 확신이 들었다.

"그럼 2년 후에 이곳에 엄청난 신전이 들어선다는 말씀이죠?"

카시아스의 막내딸 스탈링이 들뜬 목소리로 말했다.

"그렇습니다."

아르메스가 가볍게 고개를 끄덕여 보였다.

자연스럽게 카시아스와 가족들의 얼굴에 벅찬 감동이 밀려들었다.

제28장

폭풍의 용병단 Part 1

1

아베론 영지의 중앙에 어둠의 신전이 본격적으로 세워지기 시작한 지 한 달이 지났다.

그사이 아베론 영지의 농경지에서는 두 번의 수확이 이루어졌다. 그리고 아베론 성의 동쪽 성에 세워진 포션 제조 시설을 통해 6만 병이 넘는 포션이 생산되었다.

생산된 포션들은 정해진 계약 금액에 따라 헬로스 상단에 전량 인계되었다.

그 대가로 헬로스 상단으로부터 65만 골드의 판매대금을 받았다.

레이샤드는 즉시 라인하르트를 불러들였다. 그리고 그와 함께 수익금 분배에 관해 논했다.

아베론 영지에서 라인하르트의 마법 실험실에 투자한 초기 자금은 고작 500골드에 지나지 않았다.

그리고 지난번 영주 직영 농경지에서 재배된 식물들로 만든 포션을 판매해 3만 1천 골드의 수익금이 발생했다.

레이샤드는 아돌프와 논의해 3만 1천 골드의 수익금 전액을 포션 생산에 투자했다.

라인하르트에게 이미 포섭이 된 탓에 관리들도 레이샤드의 뜻에 반대하지 않았다.

그 결과 65만 골드라는 실로 상상조차 하지 못했던 수익금이 발생했다.

대륙의 일반적인 백작령의 한 해 세입은 대략 50만 골드다. 반면 아베론 영지는 고작 한 달 만에 65만 골드라는 거금을 벌어들였다.

만일 매 달마다 65만 골드의 수익이 발생한다면 포션 판매만으로도 1년에 1,000골드 이상을 벌어들이게 된다.

"이 정도면…… 금화를 쌓아둘 창고를 새로 지어야 할지 모릅니다."

빠르게 계산을 마친 조르만이 기쁨을 억누르며 말했다. 영주성 지하에 있는 금화 창고는 5백만 골드까지만 보관할 수 있다.

그것도 재화의 30% 이상을 귀물로 대체했을 때의 이야기다.

매년 1,000골드의 수익이 발생하고 그 수익이 수년간 지속된다면 금화 창고를 하나가 아니라 여러 개 지어야 할지 몰랐다.

거기까지 상상이 미치자 관리들은 하나같이 흥분을 감추지 못했다.

1,000만 골드면 일반적인 영지의 세입을 초월한 수준이었다. 일반적인 공작령의 한 해 세입은 대략 200만 골드 정도.

물론 영지 경영에 따라 다소 차이가 있겠지만 1,000만 골드에 달하는 세입을 유지하고 있는 공작령은 대륙에 없었다.

작은 왕가나 마찬가지인 대공령도 마찬가지.

공작령보다 두 배 이상 규모가 크긴 하지만 그렇다고 해서 1,000만 골드의 세입이 가능한 건 아니었다.

얼마 전까지만 해도 3천 골드의 지원금으로 아베론 영지를 운영해 왔던 관리들에게 1,000만 골드의 세입은 꿈같은 일이나 마찬가지였다.

하지만 산술적으로 봤을 때 식물의 재배와 포션 생산이 안정적으로만 유지된다면 불가능한 일도 아니었다.

문제는 그만한 세입을 소비할 만한 능력이 아베론 영지에 없다는 점이다.

영지 운영이란 단순히 수입만 많다고 해서 좋은 게 아니었다.

수입만큼 중요한 게 지출이었다. 효과적이면서 안정적인 지출을 통해 영지를 성장 발전시켜야 영지에 미래가 있었다.

하지만 아베론 영지에는 당장 돈을 쓸 만한 곳이 없었다. 굳이 따지자면 포션 생산과 광산이었지만 그것만으로는 연 1천만 골드나 되는 수입을 해결하기 어려웠다.

라인하르트가 올린 보고서에 따르면 6만여 병의 포션을 생산하는 데 드는 비용이 고작 3만 골드라고 했다.

그것도 외부로부터 강화 마법이 걸린 유리병을 사오는 데 필요한 재화가 대부분이었다.

포션의 주원료인 교배종 식물들은 영지에서 자체 재배하여 공급하고 있었다.

영지민들의 노동력을 활용한 만큼 그에 따른 대가를 지불해야 했지만 모비드가 계약을 꼼꼼하게 한 덕분에 당장 치러야 할 돈은 수천 골드에 불과했다.

교배종 식물 생산보다 훨씬 많은 돈이 드는 포션의 마법적인 처리도 마찬가지였다.

실질적인 포션 생산은 평생 무료 노동이 가능한 실험체들이 대신하고 있었다.

실험체들의 노동에 대한 대가에 대해서는 라인하르트와 실험실 지원비로 대체하기로 이야기가 끝난 상태였다.

흑철광산은 현재 시범 채굴 중인 상황이었다. 소량의 광석을 캐내어 품질을 평가하고, 채굴 방향을 결정하는 단계였다.

그러다 보니 정상적인 채굴이 시작되기까지는 아직 시간이 남아 있었다. 따라서 당장 투자가 급하지 않았다.

레이샤드는 고민 끝에 65만 골드의 수익금 중 15만 골드를 라인하르트에게 주었다.

3만 골드는 다음번 포션 생산에 필요한 비용이고 2만 골드는 만약을 대비한 예비비용. 나머지 10만 골드는 마법 실험실의 지원금이었다.

"가, 감사합니다. 영주님!"

라인하르트를 대신해 지원금을 받은 시리우스는 무척이나 놀라워했다.

10만 골드 수준의 지원금은 최소 공작령을 끼고 있는 마법 실험실이나 가능한 일이었다. 그러다 보니 레이샤드의 통 큰 지원이 마치 꿈처럼 느껴졌다.

레이샤드는 영지의 재정을 담당하는 모비드에게도 10만 골드를 맡겼다.

지금껏 단 한 번도 10만 골드라는 거금을 만져 본 적이 없던 탓에 모비드는 묵직한 금화 주머니를 받고 한동안 부들부들 떨어야 했다.

레이샤드는 관리들에게 영지 운영에 필요한 자금이 있으면 망설이지 말고 모비드를 찾으라고 일렀다. 그러면서 부족한 금액은 얼마든지 추가 지원해 줄 수 있다며 호기를 부렸다.

하지만 애석하게도 다른 관리들이 과다하게 재정 지원을 청구한다 하더라도 10만 골드가 소진될 가능성은 없었다.

자연스럽게 40만 골드라는 금액이 잉여 자금으로 남게 됐다.

포션 판매에 따른 수익금은 아베론 영지가 아닌 레이샤드의 몫이었다.

공식적으로 포션 생산의 원료가 되는 식물들을 찾아낸 건 레이샤드였다.

더욱이 아베론 영지의 모든 버려진 땅은 레이샤드의 소유였기 때문에 식물의 소유권 또한 레이샤드에게 있었다.

아베론 영지의 이름으로 초반에 500골드를 지원하긴 했지만 그것 또한 레이샤드가 지원한 하르베스 폐황태자 일가의 재산 중 일부였다.

3만 1천 골드의 초기 수익금을 전부 포션 생산 자금으로 지원한 것도 레이샤드였다. 그러다 보니 40만 골드를 레이샤드가 흥청망청 사용한다 하더라도 뭐라고 할 관리는 아무도 없었다.

"아돌프 경, 영지에 꼭 필요한 일들 중에서 그동안 돈이 없어서 미루어놓았던 일들이 있으면 알려주세요."

레이샤드는 일단 아돌프에게 도움을 청했다.

그러자 아돌프가 몇 가지 보고서를 레이샤드에게 내밀었다.

"어디……."

레이샤드는 아돌프가 가져온 보고서들 중에 가장 위쪽에 오른 보고서를 집어 들었다.

아돌프가 중요도에 따라 보고서를 정리한다는 사실을 잘 알고 있기 때문이다.

2

첫 번째 보고서는 제법 묵직했다.

보고서의 겉면에는 〈아베론 영지의 치안 현황〉이라는 제목이 붙어 있었다.

보고서에 기록된 아베론 영지의 병사 수는 총 100명이었다. 일반적으로 영지당 전체 인구수의 5퍼센트에서 10퍼센트를 영지병으로 삼았다.

그 정도 병력을 확충해야만 영지를 안정적으로 이끌 수 있기 때문이다.

아베론 영지의 규모만 놓고 봤을 때 100명의 병사는 턱없이 부족한 수였다.

물론 얼마 전까지만 해도 영지민이 1천여 명에 불과했으니 100명의 병력을 차출하는 게 한계였다.

하지만 고작 100명으로는 아베론 성을 지키는 것조차 어려웠다.

게다가 현재 아베론 영지의 인구수는 5천 명을 헤아리고 있었다.

단순히 산술적으로 계산하라도 최소 150명 이상의 병사가 더 필요한 상황이었다.

그뿐만이 아니다. 아베론 영지에는 아직 정규 기사가 단 한 명도 없었다.

변방의 남작가에도 가문과 영지를 지킬 기사는 10명쯤 있다. 하물며 아베론 영지는 본래 백작령의 규모를 갖추고 있다.

그렇다면 적어도 300명 규모의 기사단은 운영하는 게 옳았다.

아베론 영지가 제국에 속한 영지처럼 여겨지다 보니 주변 왕국들로부터 보호를 받고 있지만 그렇다고 해서 언제까지 제국에 기대어 살 수는 없는 노릇이었다.

기회와 여력이 된다면 치안 강화에 앞장서야 했다.

하지만 아베론 영지 사정상 당장 기사단을 창설하고 병력을 확충하는 건 쉽지 않은 일이었다.

현재 아베론 영지의 영지민들 중 영지병으로 동원할 수 있는 이들은 없다시피 했다.

대부분의 사내가 신전 건축과 광산 채굴, 아카데미 건설 등에 투입된 상태였다. 그들을 굳이 영지병으로 차출할 수는 없는 노릇이었다.

그렇다고 100명의 병사만으로 5천 명이나 되는 영지민을 관리한다는 것도 말이 되지 않았다.

제아무리 관리가 잘 이루어지는 영지라 하더라도 치안이 체계적으로 유지되는 것과 그렇지 않은 것은 달랐다.

영지민들이 느끼는 심리적인 안도감에서 차이가 날 수밖에 없었다.

"결국 영지민들을 더 받아야 하나요?"

레이샤드가 아돌프를 바라보며 물었다.

현실적으로 봤을 때 치안을 강화하기 위해서는 병사로 뽑을 영지민을 추가로 받아들이는 수밖에 없어 보였다.

그 점에 대해서는 아돌프도 같은 생각이었다.

아베론 영지의 성장 추세에 맞추어 영지민들이 자발적으

로 늘어나 준다면 인력 문제를 해소할 수 있을 것 같았다.

하지만 그렇다고 해서 또다시 대규모의 영지민을 들여오
는 건 현실적으로 무리였다.

이번에 들어온 영지민들이야 신전 건축을 위해 모여든 장
인들이라 어느 정도 통제가 가능했지만 일반적인 이주민들은
달랐다.

이주민들을 받아들이기 위해서는 일단 영지의 치안 확보
가 필수였다.

그 점이 해결되지 않고서는 이주민들의 안정적인 정착을
기대하기 어려웠다.

"단순히 치안 유지를 위한 병력만 고려한다면 임시적으로
용병을 고용하는 것도 좋을 것 같습니다."

아돌프가 나름의 대안을 내놓았다.

그의 말처럼 대개 경재적으로 여유가 있는 영지들이 일시
적으로 병력이 필요할 때 용병들과 계약을 하곤 했다.

포션 판매가 원활하게 이루어지면서 아베론 영지의 재정
은 상당히 여유로워진 상황이었다.

그 정도면 대규모 용병단과 장기 계약을 해도 크게 문제될
게 없었다.

"용병단을 계약하는 데 드는 비용이 얼마인가요?"

레이샤드가 아돌프의 의견에 관심을 보였다. 그러자 아돌

프가 미리 조사한 바를 일러주었다.

일반적으로 용병단을 분류하는 기준은 크게 두 가지였다.

첫째는 용병단의 규모, 둘째는 용병단의 전력.

이 두 가지 구분에 따라 용병단의 고용 금액이 달라졌다.

용병단의 규모는 크게 6가지로 나뉘었다.

소위 용병단이라 불리기 위해서는 최소한 20명 이상의 인원을 갖춰야 했다.

용병단이 기사단의 구조를 모방하고 있기 때문에 생긴 규정이었다. 그러나 체계적인 훈련을 받는 기사들과는 달리 용병들의 실력은 제각각이었다.

20명이라는 최소 인원을 채웠더라도 소속된 용병들의 실력이 형편없다면 용병단이라고 부를 수가 없었다.

그래서 일반적으로 100명 이하의 용병단까지 가장 낮은 등급인 E급 용병단으로 분류했다.

D급 규모의 용병단은 100명 이상, 200명 미만의 인원을 갖춰야 했다.

C급 규모의 용병단은 구성 인원이 200명 이상, 500명 미만이었다.

B급은 500명 이상 1,000명 미만이고 A급 용병단은 1,000명 이상 2,000명 미만, S급 용병단은 2,000명 이상으로 등급이 올라갈수록 전체적인 규모가 커지는 형태였다.

하지만 단순히 규모만 놓고 용병단을 평가하는 건 위험했다.

대륙에는 소수 정예의 특성을 가진 용병단이 많았다.

게다가 용병 경력이 많지 않은 용병들은 대부분 규모가 큰 용병단을 선호하기 때문에 실질적인 정예 병력만을 비교한 전력은 아래 등급의 용병단에 미치지 못하는 용병단도 적지 않았다.

그래서 용병단의 규모 못지않게 중요한 게 바로 실질 전력이었다.

용병단의 전력은 총 5등급으로 구분된다. 그리고 각 등급에 따라 실력 있는 용병의 수가 달라진다.

용병단을 떠나 용병들은 개개인이 각자의 실력에 맞는 등급을 부여받는다.

용병의 실력을 평가하는 것은 용병계에서 공인받은 용병 길드의 몫.

용병 길드는 찾아온 용병들의 실력을 시험해 가장 낮은 E등급에서 전설의 등급인 S등급까지, 총 여섯 등급의 실력을 매긴다.

용병 일을 처음 시작할 경우 나무로 만든 E급 용병패를 받게 된다.

E급 용병은 실력이 평범하거나 경험이 부족한 모든 용병에

게 해당되는 광범위한 등급으로 그 수는 전체 용병들 중 60퍼센트에 달했다.

그중 오러 유저(마나를 느끼고 체내에 축적시킬 수 있는 경지) 이상의 실력을 갖춘 용병이나 4레벨 이상의 마법사, 하급 정령사의 경우에는 철로 만든 D급 용병패를 받을 수 있다.

그리고 최소한 D급 용병패를 가지고 있어야 용병계에서 쓸 만한 용병으로 인정을 받을 수 있었다.

D급 용병의 비중은 전체의 30퍼센트 정도. D급 용병패를 내놓으면 대륙 대부분의 영지에서 상급 병사(병사들을 이끄는 고참 병사)에 준하는 대접을 받을 수 있다.

오러 나이트(마나를 체내로 방출해 오러를 만들어 낼 수 있는 단계) 이상의 실력을 갖춘 용병이나 5레벨 이상의 마법사, 중급 정령사의 경우 구리가 섞인 C급 용병패를 발급받을 수 있다.

그 수는 전체 용병 인구의 9.75퍼센트 정도.

C급 용병은 실질적으로 용병계를 이끄는 중추로 대륙 어느 영지에 가든 정규 기사에 준하는 대접을 받을 수 있다.

용병들은 일반적으로 생계를 위해 활동하다 보니 자기 개발 시간이 턱없이 부족하다.

그래서 실력 향상이 더딜 수밖에 없었다. 그런 점에서 C급 용병들은 실력을 떠나 경험이나 노력 면에서 결코 무시할 수가 없었다.

일반적으로 평범한 용병이 올라갈 수 있는 한계는 C급 용병까지였다.

하지만 용병들 중에서도 이례적으로 실력이 뛰어난 이들이 존재하게 마련이다.

블레이드 나이트(방출한 오러를 유형화시킬 수 있는 경지) 이상의 실력을 갖춘 용병이나 6레벨 이상의 마법사, 상급 정령사의 경우 은이 섞인 B급 용병패를 발급받는다.

B급 용병의 비중은 전체의 0.249퍼센트. 수적으로 따져도 4천 명에 미치지 못한다.

B급 용병들도 C급 용병과 마찬가지로 대륙에서 정규 기사에 준하는 대접을 받는다.

하지만 그들을 향한 신뢰는 C급 용병과 감히 비교하기 어려울 정도다.

금으로 도금된 A급 용병패는 최고의 용병들에게 허락된 패다.

일반적으로 마스터의 실력을 갖춘 용병이나 7레벨 이상의 마법사, 최상급 정령사만이 A급 용병패의 주인이 될 수 있었다.

전체 용병 중 0.002퍼센트에 해당하는 A급 용병은 그 실력만으로도 언제든지 작위를 하사받을 수 있다. 따라서 대륙에서도 귀족에 준하는 대접을 받았다.

마지막으로 상징적인 S급 용병이 존재한다.

S급 용병은 마에스트로의 경지에 오른 용병이나 8레벨의 대마법사, 대정령사를 위한 등급으로 용병이 대륙에 생긴 이래 단 한 번도 S급 용병패가 발급된 적이 없었다.

이 S급 용병을 보유한 용병단은 전력상 S급 용병단으로 평가받는다.

그러나 실제로 S급 용병 자체가 존재하지 않기 때문에 A급 용병을 10명 이상 보유하거나 B급 용병을 100명 이상 보유하고 있는 용병단의 경우 S급 용병단으로 인정이 되었다.

그러나 애석하게도 현재 대륙에는 S급 전력을 갖춘 용병단은 존재하지 않았다.

A급 용병을 10명 이상 보유한다는 것 자체도 꿈같은 일이지만 용병계의 귀족이라 불리는 B급 용병을 100명 이상 보유하고 있다는 것도 말처럼 쉬운 일이 아니기 때문이다.

현존하는 대륙 용병단의 전력 중 최고 등급은 A급이었다.

A급 전력의 용병단이 되기 위해서는 A급 용병을 1명 이상 보유하거나 B급 용병을 10명 이상, C급 용병을 100명 이상 보유해야 했다.

B급 용병 1명 이상, C급 용병 10명 이상, D급 용병 100명 이상을 보유할 경우 B급 전력의 용병단으로 인정되며 C급 용병 1명 이상, D급 용병 10명 이상, E급 용병 100명 이상의 용

병단은 C급 용병단으로, D급 용병 1명 이상, E급 용병 10명 이상의 경우에는 D급 용병단으로 분류된다.

용병단의 고용 가격은 용병단의 규모와 전력에 따라 천차만별이다.

하지만 단순히 영지의 치안 유지를 위해 계약하는 용병이라면 굳이 전력 등급이 높은 용병단과 계약할 필요는 없었다.

아베론 영지의 영지민의 수를 감안했을 때 필요한 용병의 적정 수는 200명 정도.

그렇다면 D급 규모를 갖춘 용병단들 중에서 D급 전력의 용병단과 계약을 하는 게 나았다.

그 가격은 1년 기준으로 대략 1,600골드. 한 달에 100골드 수준이었다.

예전의 아베론 영지였다면 상당히 큰 지출이겠지만 40만 골드 이상의 잉여 자금이 축적된 지금이라면 어렵지 않게 고용할 수 있었다.

게다가 서로 경쟁을 유발한다면 그보다 낮은 가격으로도 D급 용병단의 고용이 가능했다.

"그 정도면 나쁘지 않네요. 한번 알아보도록 하세요."

레이샤드가 이내 고개를 끄덕였다.

아베론 영지의 치안을 외부 용병들에게 맡긴다는 게 살짝 고민스럽긴 했지만 지금으로서는 다른 방법이 없을 것 같았다.

하지만 엘리자베스에게는 대안이 있는 모양이었다.

"레이, 아돌프 경에게 들으니 용병을 고용할 계획이라는데 사실인가요?"

"네, 그래요. 아무래도 영지의 치안부터 바로 잡아야 할 것 같아서요."

"마땅히 생각해 둔 용병단은 있어요?"

"아직요. 그건 아돌프 경이 알아보기로 했어요."

"그럼 혹시 폭풍의 용병단에 대해 들어본 적 있어요?"

"폭풍의 용병단이요?"

"네, 대륙에서도 제법 이름 높은 용병단이에요."

폭풍의 용병단은 대륙에서도 다섯 손가락 안에 드는 거대 용병단이었다.

폭풍의 용병단에 가입한 용병의 수만 해도 5천여 명에 달했다. 게다가 용병단에 딸린 가족들까지 더하면 무려 3만을 헤아렸다.

규모에 따른 등급은 S등급.

하지만 폭풍의 용병단을 더욱 유명하게 한 것은 엄청난 규모가 아니라 그들이 보유한 전력이었다.

폭풍의 용병단의 전력 등급은 A등급이었다. 그것도 하위 조건을 겨우 만족시킨 A등급이 아니라 A등급 내에서도 첫손에 꼽히는 수준이었다.

소문에 따르면 폭풍의 용병단에는 소드 마스터와 7레벨 마법사, 그리고 최상급 정령사가 한 명씩 속해 있는 것으로 알려졌다.

전체 150만 용병 중 고작 30명뿐인 A급 용병이 셋이나 폭풍의 용병단에 몸담고 있는 것이다.

그뿐만이 아니다.

폭풍의 용병단에는 B급 용병패를 가진 이들만 200에 달했다. B급 용병들의 전력만으로도 어지간한 대영지의 기사단에 버금갈 수준이었다.

"대단하네요."

단순히 설명만으로도 레이샤드는 혀를 내둘렀다. 5천에 달하는 전력은 물론이거니와 A급 용병이 셋씩이나 포함되어 있는 용병단이 존재한다니 그저 놀랍기만 했다.

하지만 엘리자베스는 단순히 잡담삼아 레이샤드에게 폭풍의 용병단에 대한 이야기를 꺼낸 게 아니었다.

3

"레이, 폭풍의 용병단이 최근 곤란한 상황에 처해 있다고 해요."

"곤란한 상황이라니요?"

"최근에 제국의 아르만 공작과 거래를 한 모양인데 그 일이 잘못되었다나 봐요."

폭풍의 용병단이 아르만 공작의 의뢰를 받아들인 것은 지금으로부터 세 달 전의 이야기다.

아르만 공작령은 제국 북동부 아단 산맥과 경계를 이루고 있었다.

크로노스 왕국의 몰락 이후 대륙 북부에 살던 흉폭한 이종족들까지 남쪽으로 내려오면서 이종족들이 살 만한 곳은 대부분 포화 상태였다.

아단 산맥도 마찬가지.

수많은 몬스터가 주도권을 차지하기 위해 싸워온 탓에 아단 산맥은 피비린내가 가시질 않았다.

그 여파로 아르만 공작령은 아단 산맥에 거주하는 몬스터들의 침입을 지속적으로 받아야 했다.

경쟁으로 줄어든 먹이를 구하기 위해 몬스터들이 아르만 공작령을 노린 것이다.

거듭되는 피해로 골머리를 싸매던 아르만 공작은 3년 전 획기적인 대안을 생각해 낸다.

바로 아단 산맥에 거주하는 야수족, 바람 부족과 혼인 동맹을 추진하겠다는 것이다.

공작가의 방계 쪽 사내와 바람 부족 족장의 딸을 결혼시켜 동맹을 맺은 뒤 야수족 전사들로 하여금 몬스터들을 1차적으로 견제하도록 만들겠다는 계산이었다.

이종족과 인간의 경계선에서 보다 풍요로운 삶을 꿈꿔왔던 바람 부족은 오랜 회의 끝에 아르만 공작의 요청을 받아들였다.

바람 부족에게는 근방의 절대 영주나 마찬가지인 아르만 공작의 요구를 거절할 힘이 없었다.

그렇게 절차에 따라 아르만 공작가와 바람 부족 사이의 혼인 동맹이 맺어졌다.

하지만 그것도 잠시. 양측의 사이는 이내 적대관계로 돌아서고 말았다.

아르만 공작에게는 뒤늦게 얻은 막내아들 에몬이 있었다.

젊어서 두 명의 부인을 여의고 새로 혼인한 부인에게서 얻은 아들이다 보니 아르만 공작은 어려서부터 에몬을 애지중지해 왔다.

항간에는 아르만 공작가가 에몬에게 이어질지 모른다는 소문마저 나돌 정도였다.

그런데 그 에몬이 최음제에 취해 바람 부족장의 딸을 겁탈하는 일이 벌어졌다.

순결을 빼앗겨 버린 바람 부족장의 딸은 그 자리에서 자결해 버렸다. 기사들이 들이닥쳤을 때는 이미 싸늘한 시체가 되어 있었다.

화가 머리끝까지 난 아르만 공작은 에몬을 가만두지 않겠다고 말했다.

그러나 정작 에몬은 억울하다며 하소연했다. 그저 형제들과 어울려 술을 마셨을 뿐이라며 아무것도 기억이 나지 않는다고 말했다.

아르만 공작은 뒤늦게 그 일이 공작위 계승을 둘러싸고 벌어진 음모라는 사실을 알아챘다.

그래서 일이 커지지 않도록 빠르게 사태를 수습하려 노력했다.

하지만 아르만 공작이 보낸 사신이 바람 부족에 도착하기 전에 일이 터지고 말았다.

정체 모를 누군가가 바람 부족에게 부족장의 딸이 겁간을 당하고 살해당했다는 소식을 퍼뜨린 것이다.

격분한 바람 부족의 부족장은 아르만 공작이 보낸 사신을 단칼에 죽여 버렸다.

그리고 그 사건을 빌미로 아르만 공작가에서도 바람 부족과의 동맹을 못마땅하게 여겼던 강경파가 불같이 들고 일어났다.

바람 부족의 부족장은 아르만 공작가에 자신의 딸을 능욕한 자의 목을 내놓고 진심으로 사과하라며 최후통첩을 보냈다.

하지만 아르만 공작은 차마 아들인 에몬의 목을 칠 수가 없었다.

그렇다고 이대로 상황이 진전될 것 같지도 않았다. 최악의 경우 전쟁까지도 염두에 둬야 하는 분위기였다.

오랜 고민 끝에 아르만 공작은 결국 폭풍의 용병단을 끌어들였다.

폭풍의 용병단으로 하여금 분노한 바람 부족을 막아낼 생각을 한 것이다.

돈이면 무슨 일이든 마다치 않는 용병들이다 보니 폭풍의 용병단은 군말없이 아르만 공작의 제안을 받아들였다.

그리고 아단 산맥 바로 밑에 군영을 치고 바람 부족과 팽팽히 맞섰다.

바람 부족은 폭풍의 용병단에 사신을 보내어 이번 일에서 빠져 줄 것을 부탁했다.

냉정하게 판단했을 때 바람 부족이 홀로 아르만 공작령을 상대하는 건 불가능에 가까운 일이었다.

거기에 폭풍의 용병단까지 적으로 돌리는 건 자멸하겠다는 소리나 마찬가지였다.

다른 때 같았으면 폭풍의 용병단은 매정하게 사신의 요청을 거절했을 것이다.

한 번 받은 의뢰는 확실하게 책임지는 것. 그것이 폭풍의 용병단의 오랜 전통이었다.

하지만 하필 사신을 맞이한 게 A급 용병이자 정령사인 헤이나였다.

대륙에서 활약 중인 대부분의 정령사들이 엘프의 피를 이은 것처럼 헤이나도 하프 엘프였다.

그래서일까.

그녀는 같은 이종족인 바람 부족의 사정이 딱해 보였다.

헤이나는 최고 회의를 소집해 동료들의 마음을 돌렸다. 그리고 싸움보다는 아르만 공작가와 바람 부족을 화해시키는 게 좋겠다는 결론을 내렸다.

폭풍의 용병단이 중재에 나서자 바람 부족은 물론이고 아르만 공작도 흔쾌히 응했다.

아단 산맥의 몬스터라는 공동의 적을 두고 바람 부족과 으르렁거리는 것은 아르만 공작가에게도 부담스러운 게 사실이었다.

아르만 공작은 해결책으로 추가적인 혼인 동맹을 요구했다. 이번에는 아르만 공작가의 먼 친척뻘 되는 여자를 바람 부족 측에 시집보내기로 약속했다.

바람 부족의 부족장도 당초의 입장에서 한발 물러나 아르만 공작의 제안을 받아들였다. 그리고 혼례 대상으로 자신의 둘째 아들을 지목했다.

그런데 또다시 일이 벌어졌다. 혼례가 있기 바로 전날, 바람 부족의 둘째 아들과 아르만 공작의 여자가 동시에 살해당한 것이다.

딸에 이어 아들까지 잃게 된 바람 부족의 부족장은 분노를 감추지 못했다.

그것은 아르만 공작가도 마찬가지였다. 필시 바람 부족에서 손을 쓴 것이라며 다시 전면전을 치러야 한다는 목소리가 커졌다.

평화적으로 해결될 뻔했던 아르만 공작가와 바람 부족의 관계는 다시 적대적으로 변했다.

그사이에 끼어버린 폭풍의 용병단이 사태 해결을 위해 필사적으로 노력해 봤지만 더는 소용이 없었다.

아르만 공작가에서는 폭풍의 용병단에 계약을 이행할 것을 강요했다.

그러나 헤이나를 비롯한 대다수의 용병은 이번 일로 인해 폭풍의 용병단이 희생되는 것에 반대했다.

차라리 막대한 위약금을 물어주고서라도 이번 일에서 빠져야 한다고 말했다.

바람 부족도 이번 일에 폭풍의 용병단이 끼어들 경우에 다른 이종족들에게 도움을 청하겠다는 뜻을 밝혔다.

아단 산맥에는 바람 부족만이 거주하는 게 아니었다. 주변의 이종족들이 바람 부족을 돕겠다고 나설 경우 제아무리 폭풍의 용병단이라 하더라도 고전할 가능성이 높았다.

그 와중에 라미레스 후작가가 끼어들면서 상황이 더욱 복잡하게 변했다.

평소 아르만 공작가와 아단 산맥의 광산 채굴을 놓고 다투던 라미레스 후작가는 기다렸다는 듯이 바람 부족에게 사람을 보냈다.

그리고 광산 개발에 협조하는 조건으로 바람 부족을 돕겠다는 뜻을 은밀히 전했다.

바람 부족은 망설이지 않고 라미레스 후작가의 손을 잡았다. 자연스럽게 아르만 공작가와 라미레스 후작가의 대립이 이루어졌다.

라미레스 후작가는 거기에서 멈추지 않고 제국에서도 손꼽히는 붉은 늑대 용병단을 끌어들였다.

붉은 늑대 용병단은 폭풍의 용병단과 마찬가지로 S급 규모를 갖춘 거대 용병단이었다.

위기감을 느낀 아르만 공작가에서는 폭풍의 용병단을 압박했다.

붉은 늑대 용병단까지 끼어든 상황에 폭풍의 용병단의 절대적인 협조를 끌어내야 했다.

폭풍의 용병단을 방문한 기사는 만일 이번 일에 아르만 공작가의 편에 서지 않을 경우 제국의 힘을 빌려서라도 가만있지 않겠다며 단단히 엄포를 놓았다.

궁지에 몰린 폭풍의 용병단은 재차 중재에 나섰다.

어쩌면 이번 일이 아르만 공작가와 바람 부족 사이를 이간질하기 위한 누군가의 음모일지 모른다며 신중하게 대처할 것을 부탁했다.

아울러 자신들이 나서서 이번 살해 사건을 해결해 보겠다며 3개월의 시간 동안 싸움을 멈춰 줄 것을 청했다.

어차피 전력을 끌어모아야 했던 아르만 공작가와 바람 부족은 폭풍의 용병단의 제안을 받아들였다.

대신 3개월 안에 사건의 전모를 밝혀내지 못하면 수순대로 전쟁에 들어가겠다고 선언했다.

폭풍의 용병단은 모든 용병을 총동원해 살인 사건을 파헤쳤다.

그러나 애석하게도 A급 용병들까지 나섰지만 외부의 개입이 있다는 증거를 발견해 내지 못했다.

그렇게 약속했던 시간이 빠르게 지났다. 그리고 고작 10일밖에 남지 않은 상황이었다.

"어때요, 레이?"

이야기를 마친 엘리자베스가 레이샤드를 바라봤다. 그녀

의 두 눈에 어린 묘한 기대감이 레이샤드의 선택을 종용하는 듯했다.

"폭풍의 용병단의 사정은 잘 알겠어요. 그런데 제가 폭풍의 용병단을 도울 수 있는 건가요?"

레이샤드가 엘리자베스에게 되물었다. 폭풍의 용병단이 딱해 보이긴 했지만 그렇다고 해서 무작정 나설 수는 없는 노릇이었다.

폭풍의 용병단이 위기에서 벗어나기 위해서는 어떻게든 살인 사건의 실마리를 풀어야 했다.

그리고 그 실마리가 아르만 공작가는 물론이고 바람 부족 모두를 납득시킬 수 있어야 했다.

A급 용병을 셋이나 보유하고 있는 폭풍의 용병단이 고전하고 있는 이유도 그것 때문일 가능성이 높았다.

외지인에다가 경험이 많지 않은 레이샤드가 돕는다고 나서 봐야 실제로 별다른 도움이 되지 않을 게 뻔했다.

하지만 엘리자베스도 아무런 대안 없이 폭풍의 용병단에 대한 이야기를 꺼낸 것은 아니었다.

"레이가 나선다면 우리가 도와줄 거예요. 그렇게 되면 사건을 해결할 수 있어요."

엘리자베스가 레이샤드를 향해 씩 웃어 보였다. 그 모습이 마치 사건 해결의 열쇠라도 쥐고 있는 듯했다.

'엘리자베스가 도와준다면……!'

엘리자베스의 생각을 알아챈 레이샤드는 그제야 고개를 끄덕였다.

다른 이들도 아니고 시험의 궁에서 자신을 돕기 위해 나타난 엘리자베스 일행이라면 분명 큰 도움이 되어줄 것이라 확신했다.

그러나 그것만으로 모든 문제가 해결되는 게 아니었다. 지금껏 아무런 인연도 없던 폭풍의 용병단을 돕기 위해서 아베론 영지를 비운다는 게 말처럼 쉬운 일이 아니었다.

"폭풍의 용병단을 도와서 나와 아베론 영지에 이득이 되는 게 뭐죠?"

레이샤드가 엘리자베스를 바라봤다. 그러자 엘리자베스가 기다렸다는 듯이 대답했다.

"폭풍의 용병단을 곤경에서 구해주면 그들의 마음을 얻을 수 있을 거예요."

"폭풍의 용병단의 마음을요?"

"네, 만일 이번 일을 해결하지 못하면 폭풍의 용병단은 아르만 공작가의 편에 서서 싸우게 될 수밖에 없어요. 폭풍의 용병단이 이름난 용병단이긴 하지만 그렇다고 의미 없는 싸움을 하고 싶어 하지는 않을 거예요."

"그러니까 결국 폭풍의 용병단을 고용할 수도 있게 된다는 말이군요."

레이샤드가 시큰둥한 얼굴로 말했다.

단순히 용병단과 계약을 위해서라면 굳이 제국까지 가서 폭풍의 용병단을 도울 필요는 없을 것 같았다.

물론 아베론 영지와 같은 외진 영지에 폭풍의 용병단처럼 유명한 이들이 와 준다면 여러모로 도움은 될 것이다.

하지만 아베론 영지는 당장 영지전을 치르기 위해 용병들을 고용하는 게 아니었다.

폭풍의 용병단에 관심이 없는 것은 아니지만 그렇다고 해서 무리를 하고 싶지는 않았다.

그런 레이샤드의 속마음을 읽은 것일까. 엘리자베스가 슬쩍 웃음을 보였다.

"레이가 무슨 생각을 하는지 모르는 건 아니에요. 하지만 레이가 폭풍의 용병단을 도와준다면, 레이가 생각하는 것보다 훨씬 좋은 결과가 생길 거예요."

엘리자베스의 확신 어린 목소리가 레이샤드의 귓가를 파고들었다.

"훨씬 좋은…… 결과?"

순간 레이샤드의 두 눈이 묘하게 번들거렸다.

제29장

폭풍의 용병단 Part 2

LORD
RAYSHADE

1

"여, 영주님! 갑자기 제국에 다녀오신다니요?"

레이샤드의 이야기를 전해 들은 아돌프는 당혹감을 감추지 못했다.

지금껏 단 한 번도 아베론 영지를 벗어난 적이 없던 레이샤드가 갑자기 제국행이라니. 그것도 목적도 행선지도 밝힐 수 없다니.

아베론 영지의 총관이기 이전에 하르베스 폐황태자 일가의 충성스런 가신으로서 아돌프는 이 일을 어찌 받아들여야 할지 난감하기만 했다.

마음 같아서는 다소 언성을 높여서라도 레이샤드의 뜻을 꺾고 싶었다.

하지만 현재 레이샤드는 열다섯 번째 생일이 지난 상태였다. 성인이나 마찬가지인 영주를 언제까지 어린애 취급할 수는 없는 노릇이었다.

그렇다고 무작정 레이샤드의 제국행을 받아들일 수도 없었다.

레이샤드는 평범한 귀족이 아니다. 아베론 영지의 영주이자 레오니스 제국의 황족이었다.

굳이 제국에 가야 한다면 당연히 그에 따른 준비를 갖춰야 했다.

하지만 애석하게도 아베론 영지에는 레이샤드를 호위할 만한 기사단도, 병사도 없었다.

가까운 용병에게 호위를 맡기는 방법도 있지만 기사단에 비한다면 미덥지 못한 게 사실이었다.

"영주님, 영지의 입장을 고려해 주십시오."

아돌프가 에둘러 반대의 뜻을 표했다. 그러자 레이샤드의 옆에 있던 엘리자베스가 나섰다.

"레이의 신변 문제 때문이라면 걱정하실 것 없어요. 이번 제국행에는 저와 브론즈 남작가가 함께할 거예요."

엘리자베스가 브론즈 남작가를 강조하며 말했다. 그러자

강경하기만 했던 아돌프의 표정이 빠르게 누그러지기 시작했다.

브론즈 남작가의 가주인 엘리자베스는 제국에서 나고 자랐다. 제국의 지리에 익숙지 못한 레이샤드를 잘 챙겨줄 수 있을 것 같았다.

만에 하나 제국 내에서 행정적인 문제가 벌어지더라도 염려할 것은 없었다.

그에 관련된 모든 일은 아르메스가 충분히 해결할 수 있을 터였다.

가까이서 본 아르메스의 능력은 가히 경악스러울 정도였다.

제국 아카데미를 최상위 성적으로 졸업한 아돌프가 심리적인 박탈감을 느낄 정도였다.

무엇보다 브론즈 남작가에는 라인하르트가 있다.

다른 이도 아니고 8레벨 마법사인 그의 보호를 받는다면 레이샤드의 신변도 크게 걱정할 필요는 없을 것이다.

"영주님, 꼭 가셔야겠습니까?"

아돌프가 레이샤드를 바라보며 물었다.

"가고 싶어요. 아니, 가야겠어요."

레이샤드가 한 치의 망설임도 없이 대답했다. 그 표정을 보아하니 안 된다고 반대한다 하더라도 소용이 없을 것 같았다.

"하아, 알겠습니다. 영주님. 대신 최대한 서둘러서 돌아와 주셔야 합니다."

아돌프가 조건을 달았다. 아무리 브론즈 남작가의 호위를 받는다 하더라도 영주가 오랫동안 영지를 비워 좋을 게 없었다.

"금방 다녀올게요. 그리고 내가 없는 동안 아베론 영지를 부탁해요."

레이샤드가 씩 웃으며 고개를 끄덕였다.

2

간단히 떠날 채비를 끝마친 레이샤드는 엘리자베스와 함께 마법진에 올랐다.

이번 여정에는 아스타로트와 라인하르트, 그리고 아르메스가 동참하기로 했다.

"그럼 조심히 다녀오십시오."

셀레나와 레이나를 대신해 시리우스가 직접 와서 마법진을 움직였다.

후아아아앗!

눈부신 빛이 마법진을 집어삼켰다. 그 빛이 얼마나 강하던지 레이샤드는 자신도 모르게 질끈 눈을 감고 말았다.

그로부터 잠시 후,

"레이, 다 왔어요."

엘리자베스의 차분한 목소리가 레이샤드의 귓가를 파고들었다.

레이샤드는 조심스럽게 눈을 떴다. 열린 눈 틈새로 아베론 영지와는 전혀 다른 풍경이 들어왔다.

"아르만 공작령에 오신 것을 환영합니다."

마법진 옆에 서 있던 정체 모를 마법사가 레이샤드 일행을 향해 가볍게 고개를 숙였다.

아르만 공작령.

공간 이동 마법진을 통해 아베론 영지에서 몇 개월은 내달려야 도착할 수 있는 아르만 공작령에 온 것이다.

'이, 이것이 마법……!'

레이샤드는 자신도 모르게 마른침을 꿀꺽 삼켰다.

지금껏 검술에만 푹 빠져 있던 그에게 불가능을 가능으로 만들어주는 마법은 신선한 충격이나 마찬가지였다.

"레이, 가요."

가볍게 웃던 엘리자베스가 멍해진 레이샤드를 이끌었다.

"아, 그래요."

레이샤드는 뒤늦게 정신을 차렸다. 그러나 무엇에 홀린 듯한 그의 표정은 한참이라는 시간이 지날 때까지 진정이 되지 않았다.

레이샤드 일행이 도착한 공간 이동 마법진은 아르만 영지의 동쪽에 있었다.

그리고 문제의 아단 산맥으로 가기 위해서는 필수적으로 아르만 공작성을 통과해야 했다.

공간 이동 마법진에서 조금 걸어 나자가 마차대여소가 나타났다.

대륙에 존재하는 대부분의 공간 이동 마법진은 주로 귀족이나 돈이 많은 상인이 이용하고 있었다.

그러다 보니 공간 이동 마법진 주변에는 그들을 위한 마차대여소가 필히 설치되어 있었다.

"몇두 마차를 드릴깝쇼?"

인기척이 들리자 꾸벅꾸벅 졸고 있던 마차대여소의 관리가 냉큼 달려와 레이샤드에게 아부를 떨었다.

"사두마차로 내줘요."

레이샤드가 인원수를 감안해 말했다. 일반적으로 사두마차는 보통 여섯 명 정도가 타고 갈 수 있도록 설계되어 있었다.

"죄송하지만 신분패나 통행증을 보여주시겠습니까?"

관리가 레이샤드를 바라보며 말했다.

마차대여소는 아르만 공작령에서 직접 운영하고 있었다.

이곳에서 마차를 대여하기 위해서는 기본적으로 신분 확인을 거쳐야 했다.

그 이유는 크게 두 가지였다.

주된 이유는 갑작스럽게 귀빈이 아르만 공작령을 방문했을 경우 그 사실을 한발 앞서 공작성에 전달할 필요가 있었다.

괜히 손님 대접이 소홀하다는 말들이 나돌았다간 아르만 공작가는 물론이고 영지의 평판까지 나빠질 수 있었다.

다른 이유는 아르만 공작성에 들어와서는 안 될 자가 성 안으로 들어오는 것을 막기 위해서였다.

제국이나 아르만 공작가에 큰 죄를 진 범죄자나 원한을 가진 자, 혹은 경쟁 세력의 첩자 등 아르만 공작성에 들어서 좋을 게 없는 자들은 마차대여소에서 일차적으로 걸러내는 편이었다.

그러나 그 사실을 모르는 레이샤드는 모든 상황이 낯설기만 했다.

"여기 있어요."

레이샤드가 멋쩍게 웃으며 품속에서 신분패를 꺼냈다. 그러자 관리가 조심스럽게 신분패를 받아 들더니 한참 동안 고개를 갸웃거렸다.

일반적으로 귀족들이 사용하는 신분패에는 국적과 신분,

작위가 표기되어 있었다.

보통 국적은 각 국가의 상징으로 나타나는데 신분패의 뒷면에 양각되는 형태였다.

그런데 레이샤드가 준 신분패에 새겨진 상징은 일반적으로 사용되는 대륙의 상징이 아니었다.

'이건…… 뭐지?'

관리가 자신도 모르게 눈매를 일그러뜨렸다.

대륙 각국의 상징과는 전혀 다른 상징.

그것은 결국 국적이 없다는 이야기나 마찬가지였다. 그리고 이런 류의 신분패를 보유한 이들 중에 말썽을 일으키지 않는 자들이 없었다.

하지만 신분패를 뒤집자 이야기가 달라진다.

신분패 앞면에 새겨진 가문의 상징은 상당히 눈에 익은 것이었다.

바로 레오니스 제국의 상징인 머리가 두 개 달린 드래곤이었다. 그리고 그 안에 궁이 그려져 있으니 레오니스 제국의 황실을 의미했다.

게다가 신분패는 금빛을 띠고 있었다. 대륙에서 금으로 된 신분패를 사용할 수 있는 건 공작 이상의 귀족만이 가능했다.

그뿐만이 아니다.

신분패의 테두리 부분에는 영주를 상징하는 문양이 음각

되어 있었다.

단순히 신분패의 의미를 조합해 본다면 제국의 황족이자 어느 영지의 영주이나 제국의 국적을 가지지 않은 귀족이라는 뜻이었다.

하지만 관리의 머릿속에 그런 신분을 가진 귀족은 존재하지 않았다.

"저기…… 죄송한데 어디에서 오신 분들이신지 여쭤 봐도 되겠습니까?"

관리가 부끄러움을 무릅쓰고 엘리자베스 쪽을 바라봤다. 그러자 엘리자베스가 충분히 그럴 수 있다는 얼굴로 고개를 끄덕였다.

"이분은 아베론 영지의 영주님이세요. 그리고 우리는 브론즈 남작가의 사람들입니다."

엘리자베스가 자신의 신분패도 관리에게 보여주었다. 그녀의 구리로 만든 신분패 뒷면에는 제국을 상징하는 문양이 큼지막하게 새겨져 있었다.

"아, 그러셨군요. 잠시만 기다려 주십시오."

그제야 레이샤드의 정체를 알아챈 관리가 냉큼 건물 안으로 뛰어 들어갔다.

그로부터 얼마 지나지 않아 레이샤드 일행 앞에 제법 번듯한 사두마차가 모습을 드러냈다.

3

"아베론 영지라고?"

마차대여소로부터 연락을 받은 아넬이 고개를 갸웃거렸다.

"대륙에 그런 곳도 있습니까?"

새로 들어온 정보관이 눈을 끔뻑이며 말했다. 그러자 다른 정보관이 구석에서 대륙의 전도를 들고 나타났다.

"명색이 정보관이란 자들이 아베론 영지도 모른단 말이야?"

아넬이 못마땅한 얼굴로 핀잔을 주었다.

처음 들었을 때는 긴가민가했지만 그래도 아르만 공작령의 정보를 총괄하는 자리에 앉아 있는 덕분에 아넬은 어렵지 않게 아베론 영지의 존재를 기억해 낼 수 있었다.

실제 대륙 지도에는 존재하지 않는 영지.

하지만 결코 간과해서는 안 되는 영지.

아베론 영지에 대한 정보는 특별할 게 없었다. 문제는 그런 아베론 영지에서 영주 일행이 아르만 공작령을 찾아왔다는 것이다.

현재 아베론 영지의 영주는 폐황태자 하르베스의 아들인

것으로 알려져 있었다.

이름은 레이샤드.

얼마 전에 열다섯 번째 생일을 맞았다는 보고를 읽은 기억이 났다.

만일 단순히 변방 귀족에 불과했다면 아넬도 관련 정보를 직접 확인해 보았을 것이다.

하지만 레이샤드의 진짜 신분이 제국의 황족이며 제국 황실이 눈여겨보고 있다는 점 때문에 최근에 관심을 가지고 지켜보던 차였다.

그런데 그런 레이샤드가 갑작스럽게 아르만 공작령에 들어왔다. 그것도 사전에 한마디 양해도 없이 말이다.

그렇다는 건 아르만 공작가가 아닌 다른 곳에 용건이 있다는 의미였다.

"대체 아베론의 영주가 무엇 때문에 아르만 영지에 온 거지?"

아넬은 한참 동안 고개를 갸웃거렸다. 아무리 생각해 봐도 아베론 영지의 영주가 아르만 공작령에 올 이유가 없어 보였다.

그나마 연관성을 따져 보자면 아르만 공작이 황실파라는 점이다.

현재 레오니스 제국은 총 4개의 파벌로 나뉘어 있었다.

현 황제를 지지하는 황제파와 그들을 견제하는 황실파, 그리고 양쪽에 적당히 선을 댄 귀족파와 중도파.

그중에서 아르만 공작은 황실파 소속이었다.

그것도 단순히 현 황제의 눈 밖에 났거나 치세가 마음에 들지 않아 황실파로 돌아선 이들과는 달랐다.

칼슈타트 황제가 황위에 오르기 전부터 아르만 공작은 황실을 지지해 온 인물이었다.

게다가 레이샤드는 현재 제국 황실의 많은 관심을 받고 있었다.

항간의 소문에 따르면 제국 황실에서 차기 황제로 칼슈타트 황제의 아들이 아닌 레이샤드를 점찍어두고 있다는 말들이 나올 정도였다.

만일 레이샤드가 황실의 바람대로 제국 복귀를 꿈꾸는 것이라면, 그래서 조력자가 필요한 것이라면 아르만 공작을 찾아올 명분은 어느 정도 충분해진다.

문제는 양쪽의 친분 관계다.

아르만 공작은 하르베스 폐황태자가 아베론 영지에 머문 이후로 단 한 번도 교류를 해온 적이 없었다.

정확한 속사정은 들어봐야겠지만 아르만 공작의 성격상 대놓고 아베론 영지와 하르베스 폐황태자 일가를 챙기면서까지 칼슈타트 황제를 자극하려 하지는 않았을 것이다.

"조금 더 자세히 알아봐야겠어."

아넬은 자리에서 일어나 곧장 아르만 공작을 찾았다.

거대한 아르만 공작령을 다스리느라 정신이 없는 아르만 공작을 친견한다는 건 쉽지 않은 일이지만 정보담당관이라는 신분 덕분에 그는 어렵지 않게 아르만 공작의 집무실에 들어설 수 있었다.

"라미레스 후작에게 다른 움직임이 있는가?"

아넬을 보기가 무섭게 아르만 공작이 무뚝뚝한 목소리로 물었다.

비록 크게 내색하지 않는 분위기였지만 그의 표정은 어둡게 굳어 있었다.

"북부의 일로 온 게 아니니 안심하십시오."

아넬이 일단 아르만 공작을 진정시켰다. 그러자 아르만 공작이 무겁게 한숨을 내쉬더니 한결 가벼워진 얼굴로 아넬을 바라보았다.

"북부의 일이 아니라면?"

"아베론 영지의 영주께서 우리 영지에 들어왔다고 합니다."

"아베론 영지의 영주……. 혹시 하르베스 전하의 아들인 레이샤드 님을 이야기하는 것인가?"

"그렇습니다, 공작님. 레이샤드 님이 브론즈 남작가의 사람들과 함께 공간 이동 마법진을 통해 영지에 도착했다는 전 갈을 받았습니다."

대답을 마친 아넬이 조심스럽게 아르만 공작의 얼굴을 살 폈다.

아르만 공작의 표정을 통해 일의 전말을 알아내기 위함이 었다.

하지만 정작 아르만 공작도 놀란 표정이 역력했다.

하필이면 지금과 같은 상황에서 다른 사람도 아닌 레이샤 드가 찾아왔으니 당혹스러울 만도 했다.

아르만 공작이 라미레스 후작가를 경계하는 건 이웃한 거 대 영지라서가 아니다.

라미레스 후작이 친황제파에서도 손꼽히는 인물이기 때문 이다.

라미레스 후작은 오래전부터 아단 산맥의 채굴권을 핑계 로 아르만 공작가를 압박해 왔다.

어떻게든 빌미를 만들어 친황제파와 친황실파의 분란을 만들기 위함이었다.

그 사실을 누구보다 잘 알고 있는 아르만 공작은 일부러 라 미레스 후작을 상대하지 않았다.

북부의 몬스터들을 상대하기 위해 대규모 용병을 동원하 기보다 바람 부족과 손을 잡으려 했던 것도 라미레스 후작을 자극하지 않으려는 숨은 의도가 숨어 있었다.

그럼에도 불구하고 결과적으로 라미레스 후작의 개입으로 이어졌으니 잔뜩 신경이 곤두선 상태였다.

그런데 하필 이런 때에 레이샤드가 등장했다.

몇 년 전까지만 해도 레이샤드는 단순히 황실의 핏줄을 이어받은 버림받은 황족에 불과했다. 하지만 근래 들어서는 입지가 달라졌다.

칼슈타트 황제의 독선 어린 정치에 불만을 품은 귀족들은 예전의 황실로 회귀하려는 움직임을 보이고 있었다.

그리고 그들이 차기 황제의 자리로 앉힐 수 있는 가장 유력한 이가 바로 레이샤드였다.

하르베스 폐황태자에게 씌워진 죄가 누명으로 밝혀지면서 자연스럽게 레이샤드에 대한 복권이 이루어진 상황이었다.

본래라면 하르베스 폐황태자도 황태자의 자리로 복권되어야 했지만 그를 직접 폐위시킨 칼슈타트 황제가 살아 있었기 때문에 레이샤드와 레이첼을 황실의 일원으로 인정하는 것으로 마무리되었다.

그 과정에서 레이샤드의 황위 계승 서열은 전체 3순위로 뛰어올랐다.

현재 황자의 자리에 있는 칼슈타트 황제의 두 아들 다음으로 계승 서열이 높아진 것이다.

물론 황실에서는 칼슈타트 황제를 자극하지 않기 위해 레이샤드의 황위 계승 가능성에 대해 함구했다.

그러나 황실을 지지하는 귀족들 사이에서 지금의 대립이 황실파의 승리로 끝이 날 경우 차기 황제는 레이샤드가 될 것이란 이야기가 끊이지 않고 있었다.

덕분에 실제 제국의 많은 귀족이 레이샤드에게 관심을 보였다.

칼슈타트 황제의 권위가 아직까지는 막강하기 때문에 대놓고 레이샤드에게 접촉하지는 못했지만 늘 레이샤드와 관련된 소문에 귀를 기울이며 만약의 상황에 대비하고 있었다.

그런 레이샤드가 불쑥 아르만 공작가를 찾아왔다. 그것도 사전에 한마디 언질도 없이 말이다.

"어찌할까요?"

아넬이 아르만 공작을 올려다보며 물었다.

마차대여소에서 온 연락인만큼 얼마 후면 레이샤드 일행이 아르만 공작성에 도착할 것이다.

그들을 손님으로 맞을 생각이라면 지금부터 준비를 서둘러야 했다.

"레이샤드 님이 어째서 영지에 온 것이라고 생각하나?"

아르만 공작이 다시 아넬을 바라봤다. 아넬이 보유하고 있는 정보는 생각보다 막대했다.

덕분에 다소 변방 쪽에 위치해 있으면서도 아르만 공작은 세상 돌아가는 일에 어둡지 않았다.

하지만 이번만큼은 제아무리 아넬이라 하더라도 뾰족하게 떠오르는 게 없었다.

"저로서도 확신이 서질 않습니다."

아넬이 송구스러운 얼굴로 고개를 숙였다.

다른 때 같았다면 실망감을 보였겠지만 아르만 공작도 이해한다는 듯 고개를 주억거렸다.

그만큼 레이샤드의 방문은 급작스럽고 뜻밖이었다.

"내가 어찌해야 하겠나?"

아르만 공작이 다시 조언을 구했다.

그러자 잠시 머뭇거리던 아넬이 조심스럽게 입을 열었다.

"레이샤드 님이 공작가를 방문하실 생각이었다면 미리 언질을 넣어주셨을 겁니다. 하지만 굳이 연락 없이 공작령에 들어오신 것으로 보아 아마도 다른 방문 목적이 있으리라 생각됩니다."

"그러니 일단 기다리자?"

"아시다시피 저희가 먼저 움직일 경우 라미레스 후작가에 좋은 빌미가 될 수 있으니까요."

아넬의 냉철한 지적에 아르만 공작이 이내 고개를 끄덕였다.

명실공히 제국의 황족이자 차기 황제의 후보로 이름을 올리고 있는 레이샤드라고는 하지만 이쪽에서 적극적으로 움직였다가 굳이 오해를 살 필요는 없을 것 같았다.

물론 레이샤드의 진짜 목적지가 아르만 공작가라면 이야기는 달라진다.

그땐 서로 적당한 이유를 만들어 그 사실을 외부에 알리고 불필요한 오해를 무마시키면 되는 것이다.

"알겠네. 일단 레이샤드 님 일행이 영지에 머무시는 동안 불편함이 없도록 잘 신경 쓰도록 하게."

생각을 정리한 아르만 공작이 나직한 목소리로 말했다.

지금으로서는 그저 조심히 지켜보는 게 최선이나 마찬가지였다.

"확실히 지시해 놓겠습니다. 공작님."

아넬이 깊숙이 고개를 숙이고 물러났다. 그리고는 아르만 공작의 뜻을 재빨리 행정관들에게 전했다.

레이샤드 일행이 마차를 타고 아르만 공작성에 들어섰을 때에는 다행히도 레이샤드 일행을 귀빈으로 모시라는 지시가 내려온 뒤였다.

"아르만 공작성에 오신 것을 환영합니다."

아르만 공작가의 대여 마차가 성문 앞에 도착하자 경비대장이 성벽 아래로 뛰어 내려왔다.

경비대장은 불필요하게 신분 확인을 요구하지 않았다. 그저 깍듯이 고개를 숙이는 것으로 검문을 마쳤다.

"왠지 불안한데."

레이샤드가 혼잣말처럼 중얼거렸다.

그러자 아르메스가 그럴 필요 없다며 상황을 설명했다.

"아마도 아르만 공작가에 연락이 닿은 모양입니다."

레이샤드를 제외한 이들은 마차대여소의 관리가 레이샤드의 신분을 알아챘다는 사실을 알고 있었다.

당연히 그 소식이 아르만 공작가에 전해졌을 터. 그렇다면 먼저 예를 갖추는 게 당연한 수순이었다.

"차라리 잘됐어요. 어차피 나중에 아르만 공작가를 한 번 방문할 필요가 있을 테니까요."

엘리자베스가 대수롭지 않다는 얼굴로 말했다.

방문 목적이 폭풍의 용병단인만큼 일단 그들의 일이 먼저였지만 아르만 공작성까지 들어와서 아르만 공작을 만나지 않는다는 것도 예의에 어긋나는 일이었다.

"내성으로 몰까요?"

마차를 몰던 마부가 갈림길을 앞두고 크게 소리쳤다.

"아니오. 북문으로 가주시오."

아르메스가 일행을 대신해 대답했다.

그러자 잠시 고개를 갸웃거리던 마차가 말고삐를 북쪽으

로 잡아당겼다.

4

아르만 공작성의 대로를 가로질러 북문을 빠져나간 마차는 계속해서 북쪽으로 내달렸다.

그렇게 한참을 더 가고서야 창밖으로 폭풍의 용병단이 주둔하고 있는 진영을 볼 수 있었다.

"신분을 말씀해 주십시오."

마차가 접근하자 입구에 있던 용병이 손을 내밀어 제지했다.

"아베론 영지에서 오신 분들이십니다."

마부가 레이샤드 일행을 소개했다. 하지만 용병은 아베론 영지라는 말에 고개를 갸웃거렸다.

"무슨 일로 저희 용병단을 방문하신 것입니까?"

용병이 마차 안까지 들리게끔 큼직한 목소리로 물었다.

적당한 용건이 없다면 안으로 들여보내지 않겠다는 투였다.

"제가 나가보겠습니다."

아르메스가 레이샤드를 대신해 마차에서 내렸다. 그리고 마차를 가로막고 있는 용병에게 다가갔다.

"우리는 아베론 영지에서 왔습니다. 용병 고용 문제로 단 장님을 뵙고자 합니다."

아르메스가 나직이 용건을 말했다.

자연스럽게 그의 몸을 타고 은은한 마력이 흘러나왔다.

그러자 조금 전까지만 해도 퉁명스럽던 용병의 표정이 한 결 공손하게 변했다.

아르메스의 마력 속에는 사람의 마음을 홀리는 힘이 숨어 있었다.

만일 불필요한 이들의 접근을 철저히 막으라는 지시만 아 니었다면 용병은 냉큼 길을 비켜줬을 터였다.

"죄송합니다만 저희 용병단은 당분간 의뢰를 받을 수가 없 습니다."

용병이 안타깝다는 얼굴로 폭풍의 용병단의 사정을 전했 다.

아직 아르만 공작가와의 계약이 끝나지 않은 상태에서 섣 불리 계약을 맺을 수는 없었다.

게다가 용병단의 분위기가 좋지 않은 탓에 외부 사람들을 안에 들일 수도 없었다.

하지만 아르메스는 전혀 상관없다며 가볍게 웃어 보였다.

"그 문제는 저희가 알아서 하겠습니다. 그러니 일단 단장 님을 만나게 해주십시오."

아르메스의 목소리를 타고 다시 마력이 흘러나왔다.

그 순간, 용병이 무엇에 홀리기라도 한 듯 자신도 모르게 고개를 끄덕였다.

"알겠습니다. 따라오십시오."

용병의 허락을 얻어낸 아르메스가 천천히 마차에 올랐다.

그로부터 잠시 후.

멈췄던 마차가 폭풍의 용병단 진영 안으로 들어갔다.

"단장님은 이 안에 계십니다."

마차를 뒤따라 온 용병은 친절하게도 레이샤드 일행을 지휘 막사까지 안내했다.

외부 통제만으로도 충분했다고 판단한 것인지 지휘막사에는 따로 보초를 서는 용병들이 없었다.

"후우……."

폭풍의 용병단의 상징이 멋들어지게 새겨진 장막을 바라보며 레이샤드가 무겁게 한숨을 내쉬었다.

여기까지 오긴 했는데 막상 들어가려니 걸음이 떨어지질 않았다.

그러자 엘리자베스가 웃으며 레이샤드를 다독였다.

"레이, 너무 걱정할 것 없어요. 다 잘될 거예요."

"고마워요."

레이샤드는 이내 고개를 끄덕였다. 그리고 주저없이 막사 안으로 들어갔다.

막사 안에는 네 명의 용병이 앉아 이야기를 나누고 있었다.

거친 언성이 오가는 것이 대화가 잘 풀리지 않는 모양이었다.

그런 때에 난데없이 불청객이 나타났으니 용병들의 표정이 밝을 리 없었다.

"누구냐!"

검을 찬 사내가 신경질적으로 말했다.

그의 이름은 라시아이언.

용병계에서 명성을 떨치고 있는 열 명의 마스터 중 한 사람이었다.

"여긴 어떻게 들어온 거죠?"

라시아이언에 이어 헤이나도 눈살을 찌푸렸다.

이곳은 오직 단장급 용병들만이 들어올 수 있는 지휘 막사였다.

외부인은 물론이고 용병들도 함부로 들어올 수 있는 곳이 아니었다.

"어떻게 들어오셨는지는 모르겠습니다만 얼른 나가십시오. 어서요!"

괜히 일이 커질 것 같자 용병단의 총관 안티몬이 나섰다.

그는 비록 3대 용병처럼 특출난 무력은 없었지만 행정 능력만큼은 탁월했다. 그래서 여러 대영지에서도 눈독을 들이는 자였다.

"그, 그게……."

생각했던 것 이상의 적대적인 분위기에 레이샤드는 바짝 얼어붙어 버렸다.

폭풍의 용병단을 도와주려고 온 게 사실이지만 날선 시선들을 받고 있자니 좀처럼 입이 떨어지지 않았다.

그때였다.

"건방지군. 못 나가겠다면 어쩔 테냐!"

과묵하기로 첫손에 꼽히는 아스타로트가 기다렸다는 듯이 발끈하며 나섰다.

평소 아스타로트를 잘 아는 이들이라면 그의 어색한 연기에 당혹감을 감추지 못했을 것이다.

그만큼 용병들을 향한 도발은 그의 성격에 어울리지 않았다.

하지만 아스타로트를 처음 본 용병들의 반응은 달랐다.

"이놈이!"

애써 분을 억누르고 있던 라시아이언이 반사적으로 검집에 손을 가져다 댔다.

그 순간

"……!"

아스타로트의 입가로 섬뜩한 웃음이 번져 들었다.

5

후아앗.

아스타로트의 도발에 발끈한 라시아이언은 단숨에 검을 뽑아 들려 했다.

하지만 꾹 움켜쥔 검은 좀처럼 뽑히질 않았다. 자신도 모르게 팔이 굳어버린 것이다.

'뭐, 뭐야?'

라시아이언이 다시 한 번 힘껏 힘을 쥐 봤지만 소용없었다.

검은 마치 검집에 달라붙은 것처럼 떨어지질 않았다.

오른팔의 근육들은 잔뜩 부풀어 올랐지만 정작 몸은 보이지 않는 실에 묶인 듯 뜻대로 움직여 지지 않았다.

"큭!"

순간 라시아이언의 입에서 신음이 터져 나왔다. 한동안 잊고 있었던 굴욕적인 과거가 머릿속을 스쳐 지난 것이다.

젊은 시절, 어려서부터 검술을 익힌 라시아이언은 호기롭게 용병계에 입문했다.

그리고 수준 높은 검술 솜씨를 바탕으로 빠르게 이름을 날렸다.

실력을 한참 앞서가는 명성에 우쭐해진 라시아이언은 우연찮게 마스터를 대적할 기회가 있었다.

돈을 많이 준다는 말에 참전하게 된 영지전에서 라시아이언은 처음으로 마스터를 보았다.

마스터의 검에서 뿜어져 나오는 오러 블레이드에 감탄했던 것도 잠시.

마스터가 선보이는 압도적인 실력 앞에 심장이 쿵 하고 주저앉고 말았다.

라시아이언이 화들짝 정신을 차렸을 때 그의 주변에 있던 용병들은 하나같이 바닥을 나뒹굴고 있었다.

무려 백여 명의 용병을 홀로 상대한 마스터는 상당히 지쳐 보였다.

하지만 그가 서늘한 눈으로 자신을 바라보자 라시아이언은 아무것도 할 수 없었다. 지금처럼 몸이 굳어버린 것이다.

그때의 굴욕감을 잊기 위해 라시아이언은 미친 듯이 검술을 연마했다.

그리고 마스터가 되기 위해 '그들'의 제안을 받아들이고 폭풍의 용병단에 들어왔다.

그 덕분에 지금은 용병들 중에서도 손꼽히는 용병이 되었다.

라시아이언은 이제 그 누구도 자신을 젊은 시절처럼 속박

하지 못할 것이라고 확신했다.

그런데…… 끔찍하게도 그때와 똑같은 일이 벌어지고 있었다.

"크으으윽!"

라시아이언의 신음 소리가 거칠어졌다. 그럴수록 아스타로트의 입가에 맺힌 웃음은 더욱 도발적으로 변했다.

뽑아라! 뽑아라! 뽑아라!

아스타로트의 속마음이 마치 환청처럼 라시아이언의 머릿속을 울렸다.

하지만 그의 몸은 본능적으로 대결을 거부했다. 이대로 검을 뽑았다간 그대로 죽게 될지 모른다며 위험 신호를 보냈다.

만일 라시아이언이 평범한 용병이었다면 슬그머니 꼬리를 내리며 현실을 인정했을 것이다.

하지만 그는 폭풍의 용병단의 3대 단장 중 한 명이다. 아울러 검을 쥔 모든 자가 선망하는 소드 마스터다.

"크아아아악!"

있는 힘껏 악을 내지르며 라시아이언이 몸을 비틀었다.

그 순간, 끼긱 하는 소리와 함께 검날이 살짝 빠져나왔다.

'됐다!'

라시아이언의 얼굴로 다시 자신감이 피어올랐다.

하지만 그것도 잠시.

후아아앗!

아스타로트가 허공에 선보인 번개 같은 검놀림에 라시아이언의 자신감이 산산조각 나고 말았다.

그것은 실로 경악스러운 쾌검이었다.

눈을 부릅뜨고 아스타로트를 노려봤지만 그가 언제 검을 뽑았고 어떻게 검을 휘둘렀는지 아무것도 기억이 나질 않았다.

오로지 쾌검이 남긴 섬뜩한 잔영만이 라시아이언의 오감을 오싹하게 만들었다.

꿀꺽.

라시아이언은 자신도 모르게 마른침을 삼켰다. 마스터의 경지에 오른 그의 얼굴에는 어느덧 두려움이라는 감정이 자리 잡고 있었다.

성질 급한 라시아이언이 제자리에서 꼼짝도 못하고 있자 자연스럽게 다른 용병들의 표정도 달라졌다.

정령사 헤이나는 똥그래진 눈으로 아스타로트를 바라봤다.

설마하니 단순이 검놀림 한 번으로 라시아이언을 위협하는 자가 존재할 것이라고는 생각지도 못한 얼굴이었다.

그것은 마법사인 사이먼도 마찬가지였다. 대류에서도 첫손에 꼽힌다는 폭풍의 용병단의 수뇌부를 앞에 두고 아스타로트가 보여준 신위는 가히 상상 이상이었다.

"어, 어떻게 오셨습니까?"

굳어버린 용병들을 대신해 안티몬이 떨리는 목소리로 물었다.

비록 용병으로서 실력이 그리 뛰어나지 않은 탓에 아스타로트의 검놀림 자체도 제대로 파악하지 못한 상태였지만 그는 세 명의 A급 용병이 침묵에 빠져버렸다는 것만으로도 사태의 심각성을 인지하고 있었다.

그러자 레이샤드의 옆에 서 있던 엘리자베스가 웃음기 어린 목소리로 말했다.

"이제 대화를 좀 나눠도 될까요?"

엘리자베스의 제안에 세 용병은 아무런 대답도 하지 못했다. 오직 안티몬만이 고개를 주억거리며 항복을 시인했다.

"미안하지만 자리 좀 마련해 주겠어요?"

엘리자베스가 안티몬을 바라보며 말했다.

아무래도 아직까지 경계심을 풀지 않고 있는 세 용병보다는 안티몬을 다루기가 편할 것 같았다.

그러자 안티몬이 냉큼 일어나 구석에 놓여 있던 의자들을 가지고 왔다.

폭풍의 용병단의 총관이 된 이후로 단 한 번도 해본 적이 없던 궂은일이었지만 안티몬의 얼굴에서는 아무런 불만도 찾아 볼 수가 없었다.

"레이, 우리도 자리에 앉아요."

엘리자베스가 레이샤드를 바라봤다. 그러자 레이샤드가 당혹스러운 얼굴로 물었다.

"이거…… 괜찮은 건가요?"

레이샤드는 죽은 하르베스 폐황태자로부터 용병을 대하는 법에 대해들은 적이 있었다.

하르베스 폐황태자는 본래 용병은 자존심이 강하기 때문에 힘으로 굴복시키려 해서는 안 된다고 말했다.

용병을 부리기 위해서는 먼저 영주로서 오만함을 버리고 그들만의 규칙을 이해하고 받아들여야 한다고 신신당부했다.

그래서 라시아이언이 자리에서 벌떡 일어섰을 때만 하더라도 레이샤드는 한바탕 싸움이 벌어질 것이라고 생각했다.

그런데 아스타로트의 검이 매섭게 허공을 가르더니 모든 상황이 정리되어 버렸다.

물론 아스타로트가 얼마나 대단한지는 레이샤드도 충분히 알고 있었다.

검술 실력이 빠르게 늘어날수록 레이샤드는 아스타로트라는 거대한 벽의 실체를 조금씩 실감하고 있었다.

의아한 것은 폭풍의 용병단 수뇌부의 반응이다. 아스타로트의 도발에 힘을 합쳐 대항할 수도 있음에도 용병들은 입조차 뻥긋하지 않고 있었다.

그러자 엘리자베스가 별일 아니라며 가볍게 웃음을 흘렸다.

"원래 폭풍의 용병단은 강자 앞에서는 꼬리를 내린답니다."

그 순간 안티몬은 물론이고 세 용병의 표정이 경악으로 굳어졌다.

그것은 레이샤드도 마찬가지. 놀란 눈으로 냉큼 세 용병의 표정을 살폈다.

듣기에 따라서는 폭풍의 용병단을 조롱하는 것으로 비춰질 수 있었다.

하지만 정작 세 용병의 얼굴에 드러난 감정은 분노보다는 당혹스러움이었다.

외부에 알려지지는 않았지만 폭풍의 용병단에는 절대적인 규칙 하나가 있었다.

"……그러니 감당치 못할 상대가 나타나거든 결코 대적하지 말아야 합니다."

목숨을 내걸고 싸워야 하는 용병에게는 지키기 어려운 규칙이었다.

특히나 세 용병처럼 A등급으로 분류되는 엄청난 능력을 가지고 있는 이들에게는 더더욱 어려운 일이었다.

하지만 세 용병은 그 규칙을 불만 없이 받아들였다. 그 규칙을 내린 게 다름 아닌 '그들'이기 때문이었다.

폭풍의 용병단이 대륙에서 손꼽히는 용병단이 될 수 있도록 물심양면으로 지원해 준 건 바로 '그들'이다.

만일 '그들'이 없었다면 폭풍의 용병단은 물론이고 A급 용병도 존재하지 않았을 것이다.

그래서 세 용병도 '그들'의 말이라면 무엇이든 따랐다. 지금껏 '그들'의 말을 따라 손해 본 적이 단 한 번도 없었다.

지금도 마찬가지.

'그들'이 만든 규칙 덕분에 세 용병은 아스타로트라는 절대자 앞에서 목숨을 건질 수 있었다.

그 절대적인 규칙이 세 용병에게 두려움으로부터 도망칠 수 있는 심리적인 구실을 만들어준 것이다.

조금 전 엘리자베스의 조롱 어린 목소리는 세 용병의 정곡을 파고들었다. 그리고 억눌렸던 그들의 자존감을 꿈틀거리게 만들었다.

그러나 그뿐이다. 세 용병 중 누구도 먼저 나서려 하지 않았다.

오히려 다른 이들의 눈치를 살피고는 슬그머니 분노를 누그러뜨렸다. 규칙을 지켜야 한다고 스스로 위안을 삼으며 말이다.

하지만 세 용병은 미처 알지 못했다. 만에 하나라도 아스타로트에게 대적하려 했다면 지휘 막사 안에 피바람이 몰아쳤을 거란 사실을 말이다.

"레이, 일단 앉아요."

어색해진 분위기를 정리하며 엘리자베스가 레이샤드를 잡아끌었다.

레이샤드는 어정쩡한 자세로 자리에 앉았다. 그를 따라 엘리자베스 일행이 착석했다.

살짝 흔들렸던 세 용병의 얼굴에도 다시 경계심이 어렸다.

아스타로트라는 정체 모를 검사의 실력에 위축이 되긴 했지만 그렇다고 해서 A급 용병의 자존심까지 사라진 것은 아니었다.

아스타로트의 무시무시했던 위압감이 사라질수록 세 용병의 머릿속에는 힘을 합치면 아스타로트를 상대할 수 있지 않을까 하는 생각이 떠올랐다.

설사 마에스트로나 8레벨의 마법사라 하더라도 세 용병이 힘을 합친다면 막아낼 자신이 있었다.

자연스럽게 라시아이언에게서 시작된 시선이 헤이나를 거

쳐 사이먼에게 이어졌다. 그런 세 용병의 속내를 눈치챈 것일까.

"주변이 시끄럽군요."

가만히 있던 라인하르트가 슬며시 마력을 풀었다.

그 순간.

후아아아앗!

회의 탁자를 중심으로 강력한 마나가 퍼지더니 지휘 막사 주변에 두터운 마나구를 형성시켰다.

그 파장이 어찌나 강렬하던지 마법사인 사이먼은 물론이고 라시아이언과 헤이나까지 경악을 금치 못했다.

'이, 이런 말도 안 되는……!'

사이먼은 온몸이 부들부들 떨렸다.

조금 전 마나의 파동은 8레벨의 파동을 한참이나 뛰어넘은 것이다.

사이먼을 7레벨 마법사로 이끌어준 '그들'이라 하더라도 이토록 엄청난 마나의 파장을 만들어내지는 못했다.

그러다 보니 감히 레이샤드 일행에 대적해야겠다는 생각 자체가 사라져 버렸다.

"다, 당신들은 누구죠?"

하얗게 질린 헤이나가 힘겹게 말을 뱉어냈다.

지금껏 수많은 의뢰를 해결하며 수많은 강자를 상대해 왔지만 아스타로트와 라인하르트처럼 압도적인 힘을 가진 자는 없었다.

그러자 엘리자베스가 기다렸다는 듯이 대답했다.

"그렇게 겁먹을 거 없어요. 우리는 당신들을 도우러 왔으니까요."

엘리자베스의 입가로 짓궂은 웃음이 번졌다. 하지만 그 미소가 세 용병에게는 더없이 위협적으로 느껴졌다.

6

"저희를 도와주시겠다는 게 무슨 말씀이십니까?"

겁먹은 세 용병을 대신해 안티몬이 나섰다. 그는 폭풍의 용병단의 총관답게 금세 평정심을 되찾았다.

"말 그대로예요. 지금 폭풍의 용병단이 겪고 있는 곤란한 일에 도움을 주겠다는 뜻이에요."

엘리자베스가 나직이 대답했다. 그러자 안티몬과 세 용병의 표정이 달라졌다.

지금껏 폭풍의 용병단을 돕겠다고 나선 이들은 적지 않았다.

하지만 그들 대부분이 노리는 것은 결국 발발하게 될 전투에 참여하는 것이었다.

폭풍의 용병단이 아르만 공작가와 바람 부족의 중재에 성공할 것이라고 생각하는 이들은 거의 없다시피 했다.

그러다 보니 안티몬과 세 용병에게는 엘리자베스의 제안이 색다르게 느껴질 수밖에 없었다.

하지만 그것은 어디까지나 자신들의 노력에 관심을 가져 준 것에 대한 고마움에 지나지 않았다.

실제로 레이샤드 일행이 살인 사건을 해결하는 데 도움을 줄 것이라 기대하는 이는 아무도 없었다.

"두 달이 넘는 시간 동안 조사를 해왔지만 아직 제대로 된 단서조차 잡지 못하고 있는 상태에요."

헤이나가 답답하다는 듯이 말했다. 폭풍의 용병단은 이번 살인 사건 조사에 대한 전권을 부여받았다.

거기에 A급 용병 셋이 전부 나서서 사건 해결에 노력해 왔다.

그럼에도 지금껏 밝혀낸 것이라고는 살인 사건이 있던 날 당시에 외부의 침입이 있었다는 것 정도였다.

그 흔적이 누구의 것인지, 어디서부터 시작했는지에 대해서는 아무것도 알아내지 못했다.

만일 레이샤드 일행이 조사 초반에 합류했다면 헤이나도 적잖게 기대를 했을 것이다.

A급 용병들을 압도하는 아스타로트와 라인하르트의 실력

이라면 어쩌면 더 많은 것을 알아내 줄 수 있을지도 몰랐다.

하지만 아르만 공작가와 바람 부족이 양해해 준 시간까지는 이제 겨우 9일이 남은 상황이었다.

지금부터 조사에 합류한다 하더라도 전체적인 정황을 파악하는 데만 족히 사나흘은 소요가 될 터.

남은 시간 안에 사건 해결을 돕는다는 건 불가능한 일처럼 보였다.

"말씀은 감사합니다만 이제 겨우 9일이 남았습니다."

사이먼도 부정적인 의견을 보였다. 아르만 공작성에서 바람 부족까지는 마차로 이틀거리다.

공간 이동 마법을 사용하지 않는 이상 양쪽을 두 번씩 방문할 수 있는 시간밖에는 남지 않은 셈이었다.

그러나 엘리자베스도 아무런 생각 없이 무작정 폭풍의 용병단을 찾아가자고 레이샤드를 설득한 게 아니었다.

"두 번째 혼인 동맹을 위해 왔던 결혼 당사자들이 죽기 전까지 머물렀던 천막이 보존되어 있다고 하던데 사실인가요?"

엘리자베스가 안티몬을 바라보며 물었다.

"그렇긴 합니다만 그곳에서 발견된 것이라고는 외부인의 침입 흔적뿐이었습니다."

안티몬이 시원찮은 얼굴로 고개를 끄덕였다.

설사 이제 와 그곳을 다시 살펴본다 하더라도 찾아낼 수 있는 건 아무것도 없을 것이라는 의미였다.

물론 엘리자베스 일행이 마족으로서 본연의 힘을 드러낸다면 A급 용병조차 찾아내지 못했던 증거들을 발견하는 것도 어려운 일은 아니었다.

하지만 그들의 역할은 어디까지나 레이샤드를 돕는 것. 고작 이런 일에 본색을 드러낼 수는 없는 일이었다.

그렇다고 사건의 비밀을 파헤칠 방법이 아예 없는 것은 결코 아니었다.

"아직 결혼 당사자들이 죽은 지 99일이 지나지 않았어요. 천막이 잘 보존되어 있으니 가능할 거예요."

엘리자베스가 미묘한 말을 중얼거렸다.

순간 뭔가를 알아챈 사이먼의 눈이 크게 부풀어 올랐다.

"서, 설마 지금 하시려는 게……."

사이먼이 떨리는 목소리로 엘리자베스를 바라봤다.

"네, 망자를 부를 생각이에요."

엘리자베스가 의미심장한 얼굴로 고개를 끄덕였다.

그렇게 살인 사건은 새로운 전환점을 맞았다.

제30장

망자의 기억 Part 1

  망자의 혼을 부르는 모든 마법류를 통틀어 초혼 마법이라
부른다.

  초혼 마법은 지금으로부터 수천 년 전, 드래곤들에 의해 처
음 만들어진 것으로 알려졌다.

  드래곤들이 신들의 창조물인 인간들과 이종족들을 빗대어
자신들만의 창조물들을 만들어내기 위해 연구한 끝에 탄생한
게 바로 초혼 마법인 것이다.

  다시 말해 드래곤의 오만함이 담긴 마법이었다. 당연하게
도 초혼 마법은 아무나 구현해 낼 수 있는 게 아니었다.

드래곤은 알에서 나올 때부터 8레벨 마법을 온전하게 깨우치고 태어난다.

이후 성룡(3,000살 전후)이 되면서 9레벨 마법을 익히기 시작해 고룡(5,000살 전후)이 될 무렵 완성시키고 그다음부터는 탈레벨 마법(레벨로 분류되지 않는 마법)인 용언 마법을 익히게 된다.

이 초혼 마법은 마법의 분류에 있어서는 9레벨 마법에 포함되어 있었다.

그러나 실질적으로는 9레벨 마법과 용언 마법의 경계에 걸쳐 있었다.

이처럼 고차원의 마법을 인간이 사용하기란 애당초 요원한 것이었다.

그러나 인간들은 학습의 종족답게 드래곤에게서 얻어낸 초혼 마법을 조금 더 쉽게 풀어내기 위해 꾸준히 연구를 했다.

그 결과 실제 초혼 마법과는 다르지만 일시적으로 혼을 불러낼 수 있는 한정된 초혼 마법을 만들게 된다.

그것이 바로 현재의 초혼 마법이라 일컬어지는 영혼 소환 마법이다.

영혼 소환 마법은 8레벨의 범주에 있는 대신 영혼의 소환 시간이 짧다.

게다가 영혼을 영구적으로 속박시킬 수가 없다. 그래서 영혼이 마력에 억눌려 있는 사이 영혼과 공유할 수 있는 매개체가 필요하다.

문제는 그 매개체다. 강제적으로 소환된 영혼은 어둠의 속성을 지니게 된다.

그래서 같은 속성의 매개체를 준비시켜야 거부감이 없었다.

게다가 영혼에게서 뭔가를 물어보거나 알아내기 위해서는 같은 이성과 사고를 갖춘 존재가 필요했다.

이번처럼 인간 영혼을 소환해 내기 위해서는 어둠의 속성을 지닌 인간을 매개체로 활용해야 했다.

그러나 크로노스 왕국의 멸망 이후로 어둠의 속성을 지닌 인간들을 찾아내기란 쉬운 일이 아니었다.

게다가 영혼 주입에 따른 부작용도 만만치가 않았다. 부작용이 약할 경우에는 가벼운 구토와 발작 정도로 끝이 나지만 심각할 경우에는 지능과 성격에 타격을 입을 수 있었다.

"매개체는…… 어떻게 하실 겁니까?"

애써 말을 아끼고 있던 사이먼이 엘리자베스를 바라봤다.

조금 전에 느꼈던 마나 파장이 진짜라면 마법사에 대해서는 걱정하지 않아도 될 것 같았다.

중요한 건 매개체.

엘리자베스가 먼저 망자를 부르겠다는 말을 꺼냈으니 그에 따른 대비책을 가지고 있을 것이라 여겼다.

그러자 엘리자베스가 레이샤드를 바라보며 말했다.

"레이, 폭풍의 용병단을 돕고 싶다고 했죠?"

자연스럽게 사이먼의 시선도 레이샤드에게 향했다.

"무, 물론이에요."

레이샤드가 상기된 얼굴로 고개를 끄덕였다.

무슨 이야기를 하고 있는지는 이해하기 어려웠지만 폭풍의 용병단을 돕기 위해 이곳까지 온 만큼 그 마음만은 아직 변하지 않았다.

"그렇다면 지금부터 제가 하는 이야기를 잘 들어줘요."

엘리자베스는 모두가 듣는 앞에서 레이샤드에게 영혼 소환 마법에 대해 설명했다.

그리고 영혼 소환 마법에는 매개체가 필요하며 레이샤드가 이번 영혼 실험에 적합한 기운을 가지고 있다고 덧붙였다.

"그러니까…… 나더러 매개체가 되란 말이에요?"

레이샤드의 얼굴에 살짝 당혹감이 어렸다. 만일 보는 이들이 많지 않았다면 감정을 주체하기가 더욱 어려웠을 것이다.

"그래요. 그리고 매개체가 된다면 부작용이 생길 수도 있어요."

엘리자베스는 이어 부작용에 대해서도 말했다.

미약한 부작용부터 중대한 부작용까지 단 하나도 빼놓지 않았다.

그러면서도 엘리자베스는 부작용이 생길 가능성을 원천적으로 차단할 수 있음을 굳이 밝히지 않았다.

엘리자베스가 모두가 보는 앞에서 레이샤드에게 매개체가 되어주길 청하는 이유는 세 용병에게 보여주기 위함이었다.

엘리자베스가 영혼 소환 마법에 대해 설명한 순간부터 세 용병은 마치 살인 사건 해결의 실마리라도 찾은 것처럼 반짝이는 눈으로 레이샤드를 바라보고 있었다.

그들에게 레이샤드가 마음의 짐을 지워줄 수 있다면 일이 해결된 이후에 그에 따른 보상을 얻어낼 수 있었다.

"레이, 도와줄 수 있어요?"

엘리자베스가 다시 레이샤드를 바라보며 물었다.

"후우……."

길게 숨을 내쉬던 레이샤드가 이내 고개를 끄덕였다.

만일 매개체가 되어달라고 제안한 게 다른 사람이었다면 아마 레이샤드는 쉽게 답을 내리지 못했을 것이다.

하지만 당사자는 다름 아닌 엘리자베스다.

자신을 돕기 위해 시험의 궁에 나타난 그녀라면 당연히 해가 될 일은 시키지 않을 것이라 믿었다.

그리고 그 결정 속에는 라인하르트에 대한 믿음도 있었다.

라인하르트는 빛의 마탑 북부 지부의 마법사들조차 꺼려 했던 마법진을 홀로 변경시킬 만큼 뛰어난 마법 실력을 가지고 있었다.

그라면 혹시나 있을지 모를 부작용을 최소로 줄여줄 것이라는 기대감이 생겼다.

"정말 매개체가 되어 줄 수 있어요?"

엘리자베스가 모두의 앞에서 확인하듯 다시 물었다.

"네, 제가 도울게요."

레이샤드가 단단히 고개를 끄덕였다. 자연스럽게 엘리자베스의 입가에 뿌듯한 미소가 번졌다.

2

"죄송하지만 자리 좀 비켜주시겠습니까."

안티몬과 세 용병은 레이샤드 일행에게 잠시 양해를 구했다.

엘리자베스가 내놓은 제안에 대해 잠시 논의할 시간이 필요하다는 뜻이었다.

"그렇게 해요."

일행을 대표해 엘리자베스가 가볍게 고개를 끄덕였다.

"그럼 제가 머무실 곳으로 안내하겠습니다."

안티몬은 직접 나서서 레이샤드 일행을 귀빈들이 묵는 막사로 안내했다. 그리고 다시 돌아와 이번 제안에 대한 논의를 시작했다.

엘리자베스의 설명 덕분에 폭풍의 용병단의 수뇌부는 영혼 소환 마법에 대해서는 충분히 이해를 한 상태였다.

그리고 지금으로서는 영혼 소환 마법 이외에 기댈 수 있는 게 없다는 사실도 확인했다.

문제는 그 제안을 받아들임으로 인해 지불해야 할 대가였다.

이 세상에 대가 없이 얻을 수 있는 건 없었다. 게다가 이들은 돈을 받고 일하는 용병이다. 누구보다 그 생리에 대해 잘 알고 있었다.

물론 선택의 여지는 많지 않았다.

폭풍의 용병단의 입장에서는 이 제안을 받아들일 수밖에 없는 입장이었다.

만일 대가를 지불하는 게 두려워 제안을 마다했다간 아르만 공작가와의 계약대로 피비린내 나는 전쟁을 치러야 했다.

"대체 아베론 영지에서 원하는 게 뭘까?"

라시아이언이 안티몬을 바라봤다.

똑똑한 안티몬이라면 뭔가 이유를 알고 있을 것이라 여겼다.

하지만 제아무리 안티몬이라 하더라도 멀리 북쪽에 존재하는 아베론 영지까지 눈여겨보고 있던 것은 아니었다.

"그나마 확신할 수 있는 건 저들이 우리를 원하고 있다는 것 정도입니다."

안티몬이 자신 없는 얼굴로 대답했다.

그 정도쯤은 다른 용병들도 충분히 이해하고 있겠지만 지금으로서는 그것 이외에 달리 설명할 게 없었다.

"그런데 아베론 영지에 대해 들어본 적 있어요?"

헤이나가 주변을 돌아보며 물었다.

아베론 영지에 대한 기본적인 정보가 부족하다 보니 저들이 어째서 자신들을 찾아왔는지조차 짐작하기가 어려웠다.

그러자 용병들을 대신해 안티몬이 말을 받았다.

"아베론 영지라면 대륙 북쪽에 있는 것으로 알고 있습니다."

"대륙 북쪽?"

"네, 저도 자세한 정보는 알지 못하지만 십여 년 전에 레오니스 제국의 황태자가 폐위되면서 아베론 영지의 영주가 되었다는 말을 들은 적이 있습니다. 아마도 조금 전에 봤던 그 어린 영주가 폐위된 황태자의 아들인 것 같습니다."

"그럼 제국과 연관이 되어 있다는 말이야?"

제국이라는 말에 헤이나는 물론이고 라시아이언과 사이먼

도 불쾌함을 드러냈다.

비록 일거리 때문에 주로 제국에 머무르고 있긴 하지만 용병들은 대개 제국에 대해 근본적인 반감을 가지고 있었다.

"설마 저들의 배후에 제국이 있는 건 아니겠지?"

라시아이언이 빠득 이를 갈았다.

만일 그렇다면 레이샤드 일행의 제안에 대해서도 심각하게 고민해 봐야 했다.

폭풍의 용병단은 오래전부터 제국 쪽에 압력 아닌 압력을 받고 있었다.

제국의 전용 용병단이 되어 제국을 위해 일하라는 것이었다.

실제로 적지 않은 용병단들이 지원을 받기 위해 제국에 몸을 의탁하는 경우가 적지 않았다.

만일 폭풍의 용병단이 평범한 용병단이었다면 아마도 제국의 제안을 쉽게 뿌리치지는 못했을 것이다.

하지만 폭풍의 용병단은 다른 용병단과는 그 궤를 달리하는 용병단이었다. 그러다 보니 제국의 압력에 쉽게 굴할 수가 없었다.

세 용병은 어쩌면 제국이 이번 일을 빌미로 폭풍의 용병단을 손에 넣기 위해 수를 쓰는 것은 아닐까 걱정했다.

그러나 안티몬의 생각은 달랐다.

"아마 제국하고는 크게 관련이 없을 겁니다. 조금 전에 말씀드렸다시피 현재의 영주는 폐위된 황태자의 아들이니까요."

안티몬은 세 용병에게 대략적인 상관관계를 설명해 주었다.

현재 제국의 주인은 하르베스 폐황태자의 숙부였던 칼슈타트 황제다.

그는 선황제 시해의 죄를 물어 하르베스 폐황태자를 폐위시키고 아베론 영지로 유배 보내다시피 했다.

그리고 그 결과 하르베스 폐황태자는 아베론 영지에서 쓸쓸하게 최후를 맞이하게 됐다.

비록 시간이 십여 년 넘게 지나긴 했지만 제국과 아베론 영지의 관계가 밀접해질 가능성은 그리 높지 않았다.

"그렇다면 설마 제국에 반기라도 들 생각일까요?

이야기를 듣고 있던 헤이나가 이맛살을 찌푸렸다.

제국의 편에 서는 것만큼이나 위험한 게 바로 제국과 척을 지는 것이었다.

만일 제국과 전쟁을 위해 자신을 끌어들이려 한다면 차라리 아르만 공작가의 편에 서는 편이 백번 나았다.

제아무리 폭풍의 용병단이라 하더라도 제국을 적으로 돌려서 좋을 것은 아무것도 없었다.

그러나 안티몬은 이번에도 고개를 흔들었다.

"아베론 영지는 황폐해진 지 오래인 것으로 알고 있습니다. 초창기에야 인구 100만을 헤아리는 대영지였지만 지금은 아베론 영지에서 버티고 있는 이들이 그리 많지 않을 겁니다."

아베론 영지에 관심이 없었다고 해서 안티몬이 아베론 영지의 실정을 모르는 것은 아니었다.

폭풍의 용병단의 총관답게 그도 최소한의 정보쯤은 가지고 있었다.

현재의 아베론 영지는 감히 제국에 반기를 들 만큼 대단한 영지가 아니었다.

설사 현재의 영주가 비슷한 생각을 가지고 있다 할지라도 그것을 실행에 옮기기까지는 아마도 적지 않은 시간이 걸릴 게 틀림없었다.

"그럼 대체 뭐야? 무엇 때문에 우리를 돕겠다고 찾아온 거야?"

라시아이언이 답답하다는 듯 소리쳤다.

하지만 애석하게도 그의 말에 대답을 해줄 사람은 아무도 없었다.

3

폭풍의 용병단 수뇌부는 무려 두어 시간 동안이나 엘리자베스의 제안에 대한 논의를 했다. 그러나 아쉽게도 뾰족한 해답을 찾아내지 못했다.

"아무래도 이번 일은 셰이나님께 조언을 구하는 게 좋을 것 같습니다."

더 이상 결론을 내기 어렵다고 생각한 안티몬이 마지막 카드를 꺼내 들었다. 그러자 다른 용병들도 군말없이 고개를 끄덕였다.

폭풍의 용병단 수뇌부들에게는 성녀라 불리는 셰이나는 폭풍의 용병단의 실질적인 주인이었다. 아울러 '그들'의 섬김을 받는 존귀한 존재였다.

게다가 셰이나는 어려서부터 신들의 음성을 듣는 것으로 알려져 있었다.

용병들을 대신해 안티몬이 천막 구석에 놔둔 마정석을 집어 들었다. 그리고 그 안에 마나를 주입했다.

그러자 푸른색이던 마정석이 순식간에 붉게 물들었다.

그로부터 잠시 후.

─누구신가요?

마정석 너머로 앳된 여자의 목소리가 들려왔다.

"셰이나님, 안티몬입니다. 한 가지 여쭤볼 게 있어서 이렇게 연락을 드렸습니다."

안티몬은 오늘 있었던 일들에 대해 자세하게 설명을 했다.

그러면서 자신들이 어떠한 결정을 내려야 할지 조언을 해 달라고 부탁했다.

단순히 상황만 놓고 본다면 세이나라 할지라도 쉽게 답을 주기 어려워 보였다.

하지만 정작 세이나는 마치 그 질문을 기다리기라도 했던 것처럼 응답했다.

—그 제안을 받아들이세요.

"받아…… 들이라는 말씀이십니까?"

—며칠 전에 신의 계시를 받았습니다. 조만간 도움의 손길을 내려줄 테니 주저하지 말고 붙잡으라고요.

"아! 그러셨습니까?"

신의 계시라는 말에 안티몬의 표정이 밝아졌다. 적어도 세이나가 받은 신의 계시를 따라서 폭풍의 용병단에 해가 된 적은 단 한 번도 없었다.

안티몬은 그 사실을 다른 용병들에게도 전했다.

"그렇다면 더 고민할 것도 없겠군."

라시아이언을 시작으로 세 용병 모두 고개를 끄덕였다.

어렵사리 결론을 끌어낸 안티몬이 레이샤드 일행이 머무는 천막을 찾았다. 그리고 폭풍의 용병단을 대신해 도움을 부탁했다.

"어려운 결정을 내려줘서 고마워요. 이제부터는······ 우리에게 맡기세요."

엘리자베스의 눈빛을 받은 레이샤드가 멋쩍게 웃으며 고개를 끄덕였다. 그렇게 폭풍의 용병단을 돕기 위한 첫 단추가 꿰어졌다.

레이샤드 일행은 곧장 폐쇄된 천막으로 향했다. 그곳은 아르만 공작가의 여자가 죽기 직전까지 머무르고 있었던 곳이었다.

"영혼을 소환하는 데 방해가 될 수 있으니 다들 밖에 나가 있어요."

엘리자베스는 뒤따라 온 안티몬과 용병들을 밖으로 내보냈다.

라인하르트의 실력상 구경꾼이 있다고 해서 마법에 방해가 될 정도는 아니었지만 그렇다고 굳이 공개를 할 이유는 없었다.

아르메스는 천막 안의 한가운데로 의자 하나를 가지고 왔다. 그러자 엘리자베스가 레이샤드의 손을 끌고 의자에 앉혔다.

"레이, 너무 긴장할 거 없어요. 그저 잠깐 재미난 꿈을 꾼다고 생각하면 되요."

살짝 긴장한 레이샤드에게 엘리자베스가 가볍게 웃으며 말했다.

"네, 알았어요."

레이샤드가 고개를 끄덕였다. 그것을 신호로 라인하르트 가 마력을 끌어올리기 시작했다.

후아아아앗!

강력한 마력이 천막 안을 강하게 휘돌았다.

그와 함께 미리 그려진 마법진 위로 어둠의 기운이 넘실거 렸다.

다른 매개체라면 지레 겁을 먹고 눈을 질끈 감았을 상황이 었다.

그러나 어둠에 익숙해진 탓일까. 레이샤드는 어렵지 않게 침착함을 유지할 수 있었다.

그로부터 잠시 후.

끼아아아아앗!

자지러지는 비명 소리와 함께 마법진 한가운데서 희멀건 망령이 솟구쳤다.

바람 부족과 결혼식을 앞두고 살해당한 아르만 공작가의 여자의 영혼이었다.

강제로 소환된 망령은 곧바로 마법진에서 벗어나기 위해 발버둥 쳤다.

그러다 자신의 지척에 앉아 있는 레이샤드를 발견했다. 그리고는 레이샤드의 몸을 장악하기 위해 재빨리 몸을 비틀려 했다.

그때였다.

"멈춰."

엘리자베스의 입에서 싸늘한 목소리가 흘러나왔다.

순간 망령이 그 자리에 굳어버렸다.

형체가 없는 망령이다 보니 어지간한 마법에는 큰 영향을 받지 않지만 엘리자베스의 입에서 흘러나온 절대적인 명령은 감히 무시할 수 있는 게 아니었다.

—사, 살려주세요.

엘리자베스의 실체를 어렴풋이 짐작한 망령이 겁을 먹은 목소리로 울부짖었다.

그러나 육신이 없는 그녀의 목소리는 인간들의 귀에는 들리지 않았다.

"내 말 잘 들어. 네가 죽던 날 있던 일을 레이에게 보여줘. 대신 레이의 몸을 조금이라도 상하게 했다간 네 영혼을 갈기갈기 찢어버릴 테니 그리 알아."

엘리자베스가 망령에게만 들릴 듯한 목소리로 작게 속삭였다.

그러자 망령이 부르르 몸을 떨더니 고개를 끄덕였다. 일개 영혼에 불과한 망령에게 마계의 황족의 말을 거역할 힘은 애당초 없었다.

망령을 제압한 뒤 엘리자베스는 언제 그랬냐는 듯 상냥한 얼굴로 레이샤드에게 다가왔다.

"레이, 이제 저 영혼이 레이의 몸속에 들어갈 거예요. 잠시 기분 나쁜 느낌이 들겠지만 참아줘요. 그다음에는 잠을 자게 될 거예요. 그리고 그날 있었던 일을 꿈을 통해 보게 될 테니 잘 기억해 줘요."

엘리자베스가 레이샤드와 눈을 맞추며 말했다.

"알겠어요. 꼭 기억할게요."

마음의 준비를 끝낸 듯 레이샤드가 고개를 끄덕였다.

"그럼 시작할게요. 일단 눈을 감아요."

엘리자베스가 가볍게 웃어 보였다.

레이샤드는 시키는 대로 눈을 감았다. 그사이 망령이 어둠의 인도를 따라 레이샤드의 몸속으로 뛰어들었다.

"윽!"

레이샤드의 입에서 기분 나쁜 신음이 터져 나왔다.

하지만 그것도 잠시.

급격히 몰려든 나른함을 이기지 못하고 레이샤드의 몸은 축 늘어져 버렸다.

4

레이샤드가 다시 눈을 떴을 때 주변은 낯선 풍경으로 변해 있었다.

"여긴 아르만 공작성."

레이샤드는 어렵지 않게 자신의 위치를 확인했다.

엘리자베스의 말대로 죽은 망령의 기억을 꿈을 통해 보는 것이라면 아르만 공작성일 게 분명했다.

"어디 있지?"

레이샤드는 고개를 돌려 죽은 여자를 찾았다. 하지만 아무리 살펴봐도 죽은 여자와 닮은 이는 보이지 않았다.

그때였다.

레이샤드의 지척에 앉아 있던 두 노인이 갑작스럽게 잡담을 시작했다.

"뷔라 아가씨가 야수족 놈들에게 시집을 간다며?"

"말도 마. 그 밝고 씩씩하던 아가씨가 몇날 며칠을 우느라 얼굴이 엉망이 됐다네. 에효, 그놈의 동맹이 뭔지."

"그래도 공작님께서 결정하신 일인데 그러려니 하고 받아들여야지 어쩌겠나."

"후우. 그 말을 하니까 저기 마차가 오는군. 뷔라 아가씨가 행복하게 잘 사셨으면 좋겠는데 말이야."

한 노인의 한숨 소리와 함께 대로를 가르며 마차 한 대가 달려왔다.

레이샤드는 지체하지 않고 냉큼 마차의 뒤를 쫓았다.

평소 같으면 마차의 달리는 속도를 따라잡지 못했겠지만 꿈이라서 일까.

레이샤드는 의지만으로도 순식간에 마차의 코앞까지 다가갈 수 있었다.

"그렇다면?"

자신에게 생긴 능력을 실감한 레이샤드는 생각을 바꿨다. 그리고 나직이 중얼거렸다.

마차 안으로 들어가게 해주세요.

그러자 순식간에 레이샤드의 몸이 마차 안으로 떨어졌다.

마차 안에는 세 사람이 앉아 있었다.

창가를 바라보며 하염없이 눈물을 흘리는 여자는 죽은 망자와 똑같은 얼굴을 하고 있었다.

가문의 뜻에 따라 이종족에게 시집을 가려다 결국에는 비련의 여주인공이 되고 만 뷔라가 틀림없어 보였다.

뷔라의 옆에는 뚱뚱한 하녀가 앉아 있었다. 그녀는 좀처럼 눈물을 그치지 못하는 뷔라를 달래며 어쩔 줄을 몰라 했다.

두 사람의 앞에는 나이 지긋한 기사가 앉아 있었다. 기사는 감정적으로 흔들리고 싶지 않은 듯 눈을 질끈 감은 채 흔들리는 마차에 몸을 맡기고 있었다.

레이샤드는 일단 기사의 옆자리에 주저앉았다. 그리고 조심스럽게 뷔라를 바라봤다.

노인들의 말처럼 뷔라의 얼굴은 상당히 상해 있었다. 꾸미면 상당히 예쁠 것 같은 얼굴인데 어찌나 울었던지 두 눈은 물론이고 얼굴까지 퉁퉁 부어 있었다.

레이샤드는 뷔라가 안쓰럽다는 생각이 들었다.

귀족가의 여식들 중에서 제 뜻에 따라 결혼을 하는 이는 극히 드문 게 사실이지만 그렇다고 듣기만 해도 무시무시할 것 같은 야수족에게 시집을 가야 한다니 괜히 가슴 한편이 아려왔다.

그러나 이제 와 안타까워해 봐야 소용없는 일이었다. 눈에 보이는 건 현실이 아니라 지난날의 꿈이었다. 이제 와 돌이키기에는 너무 늦어버린 것이다.

덜컹. 덜컹.

대로를 달리던 마차가 내성 안으로 들어섰다. 그럴수록 뷔라의 표정은 점점 울상으로 변했다.

"뷔라님, 그만 우십시오. 이제 곧 아르만 공작님을 뵈어야 합니다."

잠자코 있던 기사가 한마디 내뱉었다. 그러자 뷔라가 서러운 눈으로 기사를 노려보았다.

"암슨 경은 저보다 공작님이 더 중요한가요?"

"그런 뜻으로 드린 말씀이 아닙니다. 뷔라님은 아인실 자작가를 대표해서 공작성에 오신 겁니다. 그렇다면 그에 맞는 예의를 갖춰 주십사 부탁드리는 것입니다."

기사의 말에 뷔라는 더욱 대성통곡을 했다.

자신의 행복 따위는 아랑곳하지 않고 가문의 체면만을 챙기는 기사의 태도가 얄밉게 느껴진 것이다.

"암슨님, 그런 말씀이 어디 있어요?"

보다 못한 하녀가 나서서 기사를 책망했다. 하지만 기사는 눈 하나 까딱하지 않았다.

오히려 자신이 잘못한 게 무엇이냐며 부리부리한 눈으로 하녀를 바라봤다.

그러는 사이에 점점 속력을 줄이던 마차가 멈춰 섰다. 드디어 아르만 공작성의 내성에 도착한 것이다.

철컥.

요란한 소리와 함께 마차 문이 열렸다. 그 앞으로 아르만 공작가의 집사인 로디안이 가볍게 고개를 숙였다.

"내리시지요. 아가씨."

한 발 앞서 내린 기사가 뷔라를 향해 손을 내밀었다.

"정말…… 너무해요!"

잠시 머뭇거리던 뷔라가 마지못해 기사의 손을 잡았다.

5

뷔라 일행은 집사 로디안의 안내를 받아 곧장 아르만 공작
의 집무실로 향했다.

아르만 공작은 바쁜 공무 중에도 뷔라를 위해 따로 시간을
내주었다.

"얼굴이 많이 상했구나."

얼굴이 퉁퉁 부은 뷔라를 바라보며 아르만 공작이 안쓰러
운 표정을 지었다.

불필요한 전쟁을 막기 위한 어쩔 수 없는 선택이긴 했지만
평소 귀여워했던 뷔라를 이종족에게 시집보낸다고 생각하니
마음이 편치 않았다.

하지만 정작 뷔라는 모든 게 빈말처럼 느껴졌다.

"못난 모습을 보여 죄송해요."

뷔라가 시큰둥한 얼굴로 고개를 숙였다. 그러자 아르만 공
작이 당치 않다며 고개를 흔들었다.

"아니다. 내가 어찌 네 심정을 모르겠느냐. 그래도 가문을
위한 일인만큼 네가 이해해 주길 바란다."

아르만 공작은 자신이 할 수 있는 최선의 말로 뷔라를 달랬
다.

그러나 정작 뷔라의 반응은 냉랭했다. 내일 이종족에게 시집을 가야 하는 그녀의 입장에서는 아르만 공작의 위로가 눈곱만큼도 위안이 되지 않았다.

"아인실 자작은 잘 지내느냐?"

괜히 무안해진 아르만 공작이 넌지시 화제를 돌렸다.

"아버님은 잘 계세요."

이번에도 뷔라는 성의 없이 대답했다.

마음 같아서는 자신의 결혼 문제로 심란해하고 있다는 사실을 전부 밝히고 싶었지만 그래 봐야 아인실 자작가에 좋을 게 하나도 없었다.

"아인실 자작이 큰 결단을 내려주어서 고맙게 생각하고 있단다."

아르만 공작이 이번 결혼 동맹의 성사를 아인실 자작에게 돌렸다.

마치 아인실 자작이 가문을 위해 선뜻 나서기라도 했다는 투였다.

그러나 진실을 알고 있는 뷔라는 속으로 코웃음을 쳤다.

'아버지가 결단을 내리셨다고요? 힘없는 아버지에게 결단을 강요한 게 누군데요?'

아르만 공작가에서 열렸던 긴급회의 분위기상 누군가 한 사람은 희생을 해야 하는 상황이었다.

그리고 그 가능성은 현재의 아르만 공작과 핏줄이 멀어진 방계일수록 높아졌다.

아인실 자작도 그들 중 하나였다. 게다가 공교롭게도 결혼 적령기의, 미모의 딸을 두고 있었다.

아인실 자작은 어떻게든 딸에게 참담한 운명을 안겨주고 싶지 않았다.

그래서 평소 친하게 지내던 아르만 공작가의 사람들에게 눈빛으로 도움을 요청했다.

하지만 애석하게도 그를 도우려는 이는 많지 않았다.

결국 아인실 자작은 아르만 공작가를 위해서라는 명분 앞에 무릎을 꿇고 말았다.

그리고 그날 집으로 돌아가 뷔라를 끌어안고 하염없이 눈물을 흘렸다.

그날 생전 처음으로 아버지의 눈물을 보게 된 뷔라의 입장에서는 이 모든 일을 벌인 아르만 공작이 미울 수밖에 없었다.

그러다 보니 한때나마 자신을 예뻐해 주었던 것들까지 전부 가식으로만 느껴졌다.

"네가 내게 서운한 게 많나 보구나."

아르만 공작의 얼굴에도 불편함이 드러났다.

아르만 공작가라는 작은 왕국의 왕처럼 군림해 왔던 그로서는 아랫사람에게 옳는 소리를 한다는 게 익숙지가 않았다.

뷔라의 심정을 이해하지 못하는 건 아니지만 그렇다고 자신에게 보이는 무례를 무조건 용납할 수는 없는 일이었다.

만일 혼인을 미루거나 무를 수 있는 상황이라면 진즉에 불호령이 떨어졌을 것이다.

그런 아르만 공작의 표정을 읽은 뷔라가 이내 몸을 낮췄다.

서럽고 억울한 마음이야 가득했지만 이제 와 반발한다고 해서 달라지는 건 아무것도 없었다.

"하아, 그래, 이해한다. 어쨌든 네게 당부할 게 있어서 불렀단다."

아르만 공작이 애써 분을 삼켰다. 그리고는 뷔라를 소파 쪽으로 안내했다.

뷔라는 말없이 소파에 주저앉았다. 하지만 그녀의 표정은 터질 것 같은 감정을 힘겹게 억누르는 듯한 기색이 역력했다.

"지금부터 내가 하는 이야기를 잘 듣도록 해라."

아르만 공작은 뷔라에게 이종족에게 시집간 이후 조심해야 할 것들에 대해 일러주었다.

처음 몇 가지는 뷔라도 충분히 공감하는 것들이었다. 인간으로서, 또한 귀족으로서 살아온 그녀가 이종족과 살기 위해서는 포기해야 할 것이 많았다.

하지만 마지막 당부는 뷔라조차 납득하기 어려운 것이었다.

"아이를…… 갖지 말라는 말씀이신가요?"

뷔라가 떨리는 목소리로 되물었다. 그녀의 황당한 표정 속에는 자신이 잘못 들은 것이었으면 하는 바람이 섞여 있었다.

그러나 아르만 공작은 매정하게도 고개를 주억거렸다.

"그래, 제국의 학자들이 하는 말을 들었는데 이종족과의 결혼을 통해 태어난 아이들은 혈통상의 문제로 건강하지 못하다고 하더구나. 그러니 굳이 마음고생 하지 말고 아이를 갖지 않도록 노력하려무나."

아르만 공작이 완곡한 말로 뷔라를 설득했다.

하지만 뷔라의 귀에는 괜히 이종족의 아이를 낳아 가문의 혈통을 더럽히지 말라는 협박처럼 느껴졌다.

뷔라는 순간 하늘이 무너지는 기분이었다.

그녀가 이종족과의 결혼 생활에서 벗어나 다시 아르만 공작가로 되돌아올 수 있는 유일한 방법이 사라졌기 때문이다.

아인실 자작은 뷔라에게 최대한 일찍 아이를 가지라고 조언했다.

그래야만 궁극적인 혈연 동맹이 완성될 테고 뷔라도 보이지 않는 속박에서 자유로워질 수 있을 것이라고 말했다.

그래서 뷔라도 눈 딱 감고 이종족 사내를 받아들일 마음을 먹었다.

그런데 정작 아르만 공작은 가문을 위해 아이를 낳지 말라고 경고하고 있었다.

"그건…… 제가 원한다고 해서 되는 일이 아니잖아요."

뷔라가 서운하다는 얼굴로 말했다.

결혼을 하게 되면 부부간에 잠자리를 갖는 건 당연한 일이다.

뷔라가 이종족이라는 이유로 잠자리를 회피할 경우 그것이 갈등이 되어 아르만 공작가와 바람 부족 사이의 동맹이 깨질 수도 있었다.

게다가 듣기로 이종족들은 인간들보다 성욕이 왕성하다고 했다.

이종족들의 경우 보통 자식을 여러 명 두는 경우가 일반적이었다.

그런 이종족들의 풍습을 어기면서까지 몸을 지킨다는 건 상식적으로 불가능한 일이었다.

그러자 아르만 공작이 걱정할 것 없다는 얼굴로 품속에서 물약 하나를 내놓았다.

"잠자리를 갖기 전에 이것을 한 방울씩 물에 타서 마시도록 해라."

"이게…… 뭔가요?"

"임신을 막아주는 약이다. 내 꾸준히 사람을 통해 약을 보낼 테니 잠자리를 가질 때마다 이 약을 빼먹지 말고 복용하도록 해라."

아르만 공작이 마치 선심을 쓰듯 말했다. 그러나 뷔라의 눈에는 그 모든 게 가식이고 위선처럼 느껴졌다.

"만약…… 조심을 했는데도 아이를 갖게 되면 어떻게 되나요?"

뷔라가 입술을 질끈 깨물며 물었다.

자연스럽게 그녀의 얼굴에는 애써 억눌러놓았던 반항심이 드러났다.

그러자 아르만 공작이 가볍게 웃음을 흘렸다.

"글쎄다. 그런 일이 생긴다면 아인실 자작이 책임을 져야 하지 않겠느냐?"

그 한마디에 뷔라가 몸을 부르르 떨었다.

제31장

망자의 기억 Part 2

1

뷔라는 비틀거리며 아르만 공작의 집무실을 나섰다. 그런 그녀를 밖에서 대기 중이던 하녀들이 냉큼 부축하며 나섰다.

"이것 놔!"

뷔라가 신경질적으로 소리쳤다. 하지만 하녀들은 말을 듣지 않았다.

오히려 그녀를 꽉 붙잡은 채 감금하다시피 방 안에 집어넣었다.

뷔라는 방 안에서 계속 울기만 했다. 그녀의 울음소리가 내성 안을 절절하게 울렸지만 누구 하나 신경 쓰려 하지 않왔다.

"그만 좀 울어요."

보다 못한 레이샤드가 나서서 뷔라를 달랬다. 하지만 꿈속이라서일까. 그의 목소리는 뷔라에게 전해지지 않았다.

레이샤드는 울다 지친 뷔라의 옆에 앉아 그녀의 곁을 지켜주었다. 그것이 레이샤드가 할 수 있는 유일한 배려였다.

그렇게 몇 시간이 지났을까.

"뷔라님, 준비하실 시간이에요."

방으로 들어온 공작가의 하녀들은 뷔라를 끌고 꽃단장을 시키기 시작했다.

뷔라는 더 이상 울음을 터뜨릴 기력도 없는 듯했다. 어쩌면 마지못해 자신의 처지를 받아들인 것인지도 몰랐다.

"이 포션을 바르면 얼굴 붓기가 전부 사라질 거랍니다."

하녀 하나가 녹색 포션을 천에 묻혀 뷔라의 퉁퉁 부은 얼굴에 발랐다.

그러자 놀랍게도 붓기가 빠르게 가라앉기 시작했다. 뷔라가 몇날 며칠을 울며 고생했던 게 단 한순간에 수포로 돌아가고 만 것이다.

뷔라는 상실감에 몸조차 가누지 못했다. 그렇게 하녀들이 꾸며주는 대로 힘겹게 서 있었다.

잠시 후, 신부 화장을 마친 뷔라는 더없이 아름답게 바뀌어 있었다.

"아가씨, 웃으셔야죠."

"활짝 웃어보세요."

마치 자신들이 만든 작품을 감상하기라도 하듯 하녀들이 뷔라에게 웃음을 강요했다.

그러나 뷔라는 차마 웃을 수가 없었다. 솔직히 화장이 번지지 않도록 울음을 참아주는 것만으로도 최대한의 배려를 다한 셈이었다.

잠시 후 하녀장이 찾아와 뷔라를 끌고 아르만 공작에게 데려갔다.

"예쁘구나."

꽃단장을 한 뷔라의 모습이 마음에 들었던지 아르만 공작이 웃으며 고개를 끄덕였다. 그리고는 서둘러 성 밖으로 나갔다.

아르만 성에서 폭풍의 용병단의 야영지까지는 마차로 꼬박 하루가 걸렸다.

최대한 빨리 서두르지 않으면 내일 중으로 도착하기 어려울 수 있었다.

아르만 공작은 뷔라를 위해 친히 팔두마차를 준비했다. 팔두마차는 귀족들 중 오직 공작만이 탈 수 있는 마차였다.

공작가를 이을 후계자라 할지라도 아르만 공작이 죽기 전까지는 팔두마차를 탈 수가 없었다.

그러나 뷔라는 이 같은 호사가 조금도 달갑지가 않았다. 기왕지사 이렇게 된 거 한시라도 빨리 아르만 공작가를 떠나고 싶은 마음뿐이었다.

"출발하겠습니다."

마부가 나직이 고하고는 천천히 말고삐를 움직였다.

다각다각. 다각다각.

여덟 마리의 말이 부지런히 말발굽을 놀렸다. 그로부터 꼬박 하루가 지나서야 마차는 폭풍의 용병단의 주둔지에 도착할 수 있었다.

"결혼식을 서둘러라."

아르만 공작은 최대한 빨리 결혼식을 치르고 싶었다. 비록 혼인 동맹이라고는 하지만 이미 한차례 불미스러운 일을 겪은 뒤라 일일이 절차를 따지고 싶지 않았다.

하지만 바람 부족의 생각은 달랐다.

"다른 이도 아니고 부족장의 아들이 하는 결혼입니다! 절차도 없이 어찌 서두를 수 있단 말입니까!"

바람 부족 측에서는 지난번 결혼만큼이나 성대한 결혼식을 올려야 한다고 주장했다.

아르만 공작가에서 이런저런 핑계를 대며 마음을 돌리려 했지만 소용없었다.

오히려 더 이상 무례하게 굴 경우에는 혼인을 파기하겠다며 으름장을 놓았다.

"어쩔 수 없지."

아르만 공작은 무겁게 한숨을 내쉬었다.

시집을 온 바람 부족 대족장의 딸을 제대로 보호하지 못한 건 전적으로 아르만 공작가의 불찰이었다.

그러다 보니 바람 부족의 강경함을 힘으로 꺾기가 어려웠다.

아르만 공작가와 바람 부족의 합의에 따라 결혼식은 다음 날 오후로 미뤄졌다.

뷔라는 곧장 폭풍의 용병단이 마련한 신부 측 천막으로 안내되었다.

"목욕물을 받아 가지고 왔습니다."

뷔라를 위해 하녀들이 목욕을 준비했다.

하루를 내달려 먼 길을 왔으니 피로를 풀기 위해서라도 뜨거운 물에 몸을 담그는 게 좋았다.

하지만 몸보다 정신적인 피곤함이 컸던 뷔라는 목욕을 거부했다.

그리고 날이 밝기 전까지는 누구도 천막 안으로 들어오지 말라고 명령했다.

넓은 천막 안에 혼자 남게 된 뷔라는 무척이나 쓸쓸해 보였다. 내일 결혼을 하는 새 신부라는 게 믿겨지지 않을 정도였다.

그러나 레이샤드는 더 이상 뷔라에 대한 연민에 빠져 있을 수가 없었다.

바로 오늘 밤, 뷔라는 이 천막 안에서 죽게 된다. 그러다 보니 레이샤드는 자신도 모르게 온몸에 힘이 바짝 들어갔다.

레이샤드는 일부러 뷔라의 바로 옆에 주저앉았다. 뷔라가 어떻게 죽었는지 확인하기 위해서는 그녀의 곁에 바짝 붙어 있어야 했다.

밤이 깊어지자 주변에서 하나둘 횃불이 올라오기 시작했다.

그러나 그 불빛은 두꺼운 천막에 가려 쉽게 새들어 오지 못했다.

다른 이도 아니고 내일 결혼을 할 새신부가 머무는 천막이다 보니 폭풍의 용병단에서 특별히 준비를 한 모양이었다.

천막 안은 어둑했다. 하지만 뷔라는 천막 안에 불을 켜지 않았다.

오늘이 자신의 마지막 밤이라는 사실을 조금도 눈치채지 못하는 듯 그저 멍하니 어둠만을 응시했다.

레이샤드도 뷔라를 따라 어둠을 바라보았다.

처음에는 혹시 누군가가 나타날지 모른다는 생각에 잔뜩

긴장했지만 그것도 잠시. 시간이 지날수록 눈꺼풀이 점점 무거워졌다.

뷔라의 얼굴에도 피곤한 기색이 역력했다. 그녀는 잠에 들지 않으려는 듯 이를 악물고 버텼지만 쏟아지는 졸음을 참아내지 못했다.

결국 한참을 버티던 뷔라가 쓰러지듯 간이침대 위에 누웠다. 그러자 레이샤드도 침대에 누워 쉬고 싶다는 생각이 들었다.

하지만 레이샤드는 애써 정신을 다잡았다.

뷔라가 언제 죽임을 당할지 알 수 없는 상황에서 팔자 편하게 누워 있을 수는 없는 노릇이었다.

그때였다.

스아아아앗.

찬바람 소리와 함께 천막이 살짝 펄럭이는 게 레이샤드의 시야에 들어왔다.

'왔다!'

레이샤드는 눈을 번쩍 떴다. 그리고 재빨리 들춰진 천막 쪽으로 고개를 돌렸다.

불이 켜 있지 않은 천막은 더욱 어두워져 있었다. 그러다 보니 사물을 분간하기가 쉽지 않았다.

그러나 오랫동안 어둠을 응시해 온 덕분에 레이샤드는 어렵지 않게 정체불명의 그림자를 확인할 수 있었다.

침입자는 마치 어둠과 자신이 동화되기를 기다리듯 한참 동안 꼼짝을 하지 않았다.

레이샤드가 신경을 바짝 곤두세웠지만 침입자의 인기척을 느낄 수가 없었다.

오히려 눈조차 뜨고 있지 않은 탓에 환영은 아닌가란 착각이 들 정도였다.

레이샤드는 마른 침을 꿀꺽 삼켰다. 그리고 침입자가 다가오기만을 기다렸다.

하지만 정작 침입자로 추정되는 그림자는 뷔라의 숨소리가 고르게 변하기를 기다린 뒤에야 움직임을 보였다.

그러다 보니 당연하게도 뷔라는 침입자의 등장을 전혀 알아채지 못했다.

꿀꺽. 꿀꺽.

레이샤드의 침 삼키는 소리가 천막 안의 정적을 깨뜨렸다.

바로 그 순간,

스아아앗.

침입자가 마치 유령처럼 순식간에 뷔라의 앞으로 모습을 드러냈다.

레이샤드는 다급히 침입자를 올려다봤다.

깜짝 놀라긴 했지만 어떻게든 침입자에 대한 정보를 알아내야 했다.

그러나 정체를 들키지 않으려는 침입자의 준비도 철저했다.

침입자는 머리부터 발끝까지 온몸에 검은 천을 두르고 있었다. 게다가 가느다란 실눈을 뜨고 있어서 눈빛조차 확인이 되지 않았다.

그사이 침입자는 품속에서 서슬 퍼런 단검을 꺼내 들고 있었다.

레이샤드의 시선이 자신도 모르게 단검 쪽으로 향했다. 하지만 지금 봐야 할 것은 뷔라의 살해 장면이 아니었다.

'정신 차려! 레이샤드!'

레이샤드는 눈을 질끈 감았다 떴다. 그리고 뷔라를 향해 단검을 내리찍는 침입자의 모습을 똑바로 지켜보았다.

푸욱!

날카로운 단검이 뷔라의 심장을 잔인하게 파고들었다.

그와 동시에 뷔라의 입에서 자지러지는 비명이 터져 나왔지만 이내 사라져 버렸다.

침입자가 재빨리 손을 움직여 그녀의 입을 틀어막아 버린 것이다.

자연스럽게 침입자가 몸을 굽혔다. 그 바람에 새까만 머리카락에 숨겨졌던 귀가 살짝 드러났다.

"뾰족 귀!"

어둠 속에서 뾰족 튀어나온 침입자의 귀를 발견한 레이샤드가 자신도 모르게 소리를 내질렀다.

하지만 다행히도 침입자는 아무 소리도 듣지 못한 표정이었다.

잠시 바들거리던 뷔라가 축 하고 늘어지자 가만히 검을 회수하고는 아무 일도 없었던 것처럼 천막을 빠져 나갔다.

레이샤드는 마지막까지 침입자에게서 눈을 떼지 않았다. 하지만 뾰족한 귀 이외에는 더 이상의 정보를 알아낼 수가 없었다.

그러는 사이 주변이 빠르게 무너지기 시작했다. 죽은 뷔라가 보여줄 수 있는 꿈이 끝나버린 것이다.

"허억!"

순식간에 현실로 돌아온 레이샤드가 거친 신음을 터뜨렸다. 그러자 엘리자베스가 손수건으로 레이샤드의 땀을 닦아주었다.

"레이, 고생했어요."

엘리자베스가 미안한 얼굴로 레이샤드를 바라봤다.

마족으로서 힘을 이용한다면 굳이 매개체를 통하지 않더라도 뷔라의 영혼으로부터 정보를 얻어낼 수 있었다.

하지만 이번 사건의 원만한 해결을 위해서는 레이샤드가

고생을 해줘야 했다. 그렇지 않고서는 목표인 '그들'을 끌어안을 수가 없었다.

"난 괜찮아요. 그것보다는…… 미안해요. 알아낸 게 많지 않아요."

레이샤드가 다소 시무룩한 얼굴로 말했다. 눈을 부릅뜨고 침입자를 살폈지만 알아낸 정보라고는 뾰족한 귀뿐이었다.

"그 뾰족한 귀라는 게 인간들의 귀보다 훨씬 크고 길쭉하게 생기지 않았나요?"

잠자코 레이샤드의 이야기를 듣던 엘리자베스가 조심스럽게 물었다.

"아마도 그랬던 것 같아요."

레이샤드가 자신 없는 얼굴로 고개를 끄덕였다. 코앞에서 보긴 했지만 머리카락에 가려진 탓에 정확하게 어떻다고 확신을 하긴 어려웠다.

하지만 엘리자베스를 비롯한 마족들은 레이샤드의 대답만으로도 어느 정도 살인범의 윤곽을 그릴 수 있었다.

"아무래도 다크 엘프인 것 같습니다."

라인하르트가 나직이 말했다.

인간과는 다른 뾰족한 귀는 엘프들의 전형적인 특징이었다.

또한 누군가를 죽이기 위해 은밀히 움직일 때 전신에 검은 천을 두르는 건 다크 엘프들의 오랜 전통이었다.

"나도 그렇게 생각해요. 중요한 건 어떤 부족의 다크 엘프가 개입을 했느냐는 것이겠지요."

엘리자베스가 가볍게 고개를 끄덕였다. 정황으로 보아 다크 엘프라는 점에 있어서는 이견이 없어 보였다.

문제는 어느 부족에 몸을 담고 있느냐는 점이다. 엘프 만큼은 아니지만 다크 엘프도 다양한 부족들이 존재했다.

그들 중 어떤 부족의 다크 엘프와 연관이 있느냐에 따라 정보의 중요도가 달라질 수 있었다.

그러나 애석하게도 잠결에 죽어버린 뷔라의 꿈만으로는 그 사실을 알아낼 수가 없었다.

"아무래도 바람 부족의 아들까지 조사해 봐야 할 것 같습니다."

라인하르트가 레이샤드를 바라보며 말했다. 그러자 어느 정도 각오는 하고 있었던 듯 레이샤드가 흔쾌히 고개를 끄덕였다.

레이샤드 일행은 바람 부족의 아들이 머물렀던 천막으로 자리를 옮겼다. 그곳은 뷔라의 천막보다 조금 어수선한 상태였다.

"천막의 상태가 원래 이런가요?"

엘리자베스가 안티몬을 바라보며 물었다. 그러자 안티몬

이 냉큼 고개를 주억거렸다.

천막 안에는 이런저런 흔적이 남아 있었다. 하지만 그중 다크 엘프의 정체를 추정할 만한 흔적은 찾아보기 어려웠다.

"아무래도 레이가 고생을 해줘야 할 것 같아요."

엘리자베스가 미안한 눈으로 말했다.

"걱정하지 말아요. 나, 잘할 수 있어요."

뷔라의 죽음에 대해 이렇다 할 정보를 찾아내지 못했다는 사실이 마음에 걸린 듯 레이샤드가 제법 결연한 표정을 지어 보였다.

영혼을 부를 준비가 끝나고 레이샤드는 뷔라의 천막에서처럼 가운데에 놓인 의자에 앉았다.

잠시 후 라인하르트가 마력을 끌어 올렸다. 그러자 마법진이 요동을 치더니 희멀건 영혼 하나가 모습을 드러냈다.

크아아아아!

야수족답게 영혼은 거칠게 반항을 했다. 마법진을 통해 자신을 불러낸 엘리자베스 일행을 적으로 인식한 듯 보였다.

하지만 엘리자베스의 강력한 힘 앞에서는 제아무리 야수족이라 할지라도 버틸 수가 없었다.

"시끄럽게 굴지 말고 시키는 대로 해. 그래야 네 억울한 죽음의 진실을 밝힐 수 있으니까."

엘리자베스의 싸늘한 목소리가 마력이 되어 뻗어 나갔다.

그러자 발광하던 영혼이 언제 그랬냐는 듯 잠잠하게 변했다.

그로부터 잠시 후.

"으으으."

레이샤드의 머릿속이 어지러워지기 시작했다.

2

레이샤드가 정신을 차렸을 때 그는 낯선 오두막 안에 서 있었다.

"여긴…… 어디지?"

레이샤드가 천천히 주변을 살폈다.

흙과 돌을 이용해 대충 만들어 놓은 것 같은 집은 수천 년 전 조상들이 이용했다는 건축 양식보다도 초라하게 느껴졌다.

"아직도 이런 곳에서 사는 사람이 있단 말이야?"

잠시 집 안에 정신이 팔려 있던 레이샤드가 허름한 문을 열고 집 밖으로 걸어 나왔다. 그러자 놀랍게도 비슷하게 생긴 오두막들이 줄을 지어 늘어서 있는 모습이 눈에 들어왔다.

"허!"

레이샤드의 입에서 절로 탄성이 터져 나왔다. 오두막을 한 채만 봤을 때는 느끼지 못했는데 전체적으로 보니까 마치 고대 사회에 홀로 떨어진 기분이었다.

때마침 건장한 체격의 야수족들을 만나지 않았다면 아마 레이샤드는 계속 시간을 거슬러 왔다는 착각 속에 빠져 있었을 것이다.

저벅저벅.

멍하니 마을을 내려다보고 있던 레이샤드 앞으로 덩치 큰 야수족 사내 하나가 성큼 성큼 지나갔다.

순간 레이샤드가 놀란 눈으로 야수족 사내를 쫓았다. 책으로는 몇 번 접한 적이 있지만 야수족을 눈앞에서 보는 건 이번이 처음이었다.

겉보기에 야수족은 인간들과 별반 다를 게 없는 생김새를 가지고 있었다. 키가 보통 인간들에 비해 한 뼘이 더 크고 몸이 근육질처럼 우락부락하다는 점을 제외한다면 조금 험상궂게 생긴 인간이라 봐도 무방해 보였다.

하지만 야수족은 인간들과 달리 야수들의 피가 섞여 있었다. 그러다 보니 그들의 본능은 거칠고 포악한 편이었다.

"할만!"

야수족 사내를 관찰하던 레이샤드의 뒤쪽에서 거친 맹수의 포효 같은 게 들려왔다.

"윽!"

레이샤드는 반사적으로 몸을 움츠렸다. 그 소리가 어찌나 크던지 귀가 먹먹해질 정도였다.

레이샤드의 눈앞에 있는 야수족 사내도 뒤쪽으로 몸을 돌렸다. 그 순간, 뭔가 시커먼 게 레이샤드의 머리 위를 스쳐 지나더니 그대로 야수족 사내를 집어삼켰다.

야수족 사내는 눈 깜짝할 사이에 무언가와 뒤엉켜 바닥을 나뒹굴었다.

만일 인간이었다면 큰 부상을 입었을 법한 상황이었지만 정작 야수족 사내는 아무렇지도 않은 얼굴로 자리에서 일어났다.

"포아란, 이 자식! 감히 나한테 덤벼들어?"

야수족 사내가 옷에 묻은 먼지를 털며 말했다. 그러자 포아란이라는 이름의 야수족 사내가 장난스러운 얼굴로 웃음을 흘렸다.

"고작 그런 장난도 못 피하고 정신을 어디에 팔고 다니는 거야?"

레이샤드의 눈에는 죽기 살기로 덤벼든 것처럼 보였지만 실상 이 같은 장난(?)은 야수족 사내들 사이에서 빈번하게 일어나는 일상이나 다름없었다.

야수족의 몸이 인간들에 비해 워낙 튼튼하다 보니 이 정도 장난으로 뼈가 부러지거나 부상을 입는 일은 거의 일어나지 않았다.

"그런데 표정이 왜 그래? 너 혹시 라크마님 때문에 그러는 거야?"

포아란이 할만을 바라보며 물었다. 그러자 할만이 대답 대신 살짝 인상을 찡그렸다.

"그런 거 아냐."

"아니긴 뭐가 아냐? 설마하니 라크마님이 헤로나를 버리기라도 할까 봐, 그래?"

포아란이 장난스럽게 할만의 목을 끌어안았다. 그러나 할만의 표정은 썩 나아지지 않았다.

"야, 할만! 라크마님 성격 몰라? 다른 사람도 아니고 라크마님이 설마 헤로나와 했던 약속을 지키지 않으시기야 하겠어?"

포아란이 걱정할 것 없다며 할만을 위로했다. 하지만 라크마의 혼사는 포아란이 장담하는 것처럼 간단하게 생각할 문제가 아니었다.

"인간들과 혼인 동맹을 위해 나서시는 건데 라크마님께 약속을 강요할 수는 없잖아."

할만이 씁쓸한 얼굴로 말했다. 라크마와 여동생인 헤로나가 서로 아끼고 사랑했다는 사실만큼은 바람 부족 내에서 그 누구도 부정할 수 없었다.

그러나 부족을 대신해 혼례를 치러야 하는 라크마에게 무작정 헤로나와의 결혼을 강요하기란 쉽지 않은 일이었다.

"그건 그거고 이건 이거지. 인간들과의 혼례야 부족에서 정한 일이니 어쩔 수 없다 하더라도 헤로나를 부인으로 맞이하는 건 문제될 게 없잖아, 안 그래?"

포아란은 이번 혼사를 간단하게 생각했다. 본래 야수족들은 남자에 비해 여자가 많은 편이었다. 그래서 한 사내가 두서 명의 아내를 두는 건 예삿일이었다.

더욱이 라크마는 부족장의 둘째 아들이기 이전에 부족에서도 인정받는 전사였다. 조금만 더 실력을 갈고닦는다면 부족을 대표하는 대전사가 되는 것도 시간문제였다.

그런 라크마라면 여러 아내를 두어도 누구 하나 뭐라고 할 자가 없었다.

하지만 할만의 생각은 달랐다.

"라크마님이 결혼할 인간은 아단 산맥 남쪽의 큰 영지를 다스리는 영주의 친척이라고 들었어. 어쩌면 라크마님은 그 인간 이외에 야수족과 결혼을 하지 못하시게 될지도 몰라."

할만은 야수족치고 인간 세상에 대해 제법 해박한 지식을 가지고 있었다. 그러다 보니 인간들이 야수족을 어찌 생각하는지도 잘 알고 있었다.

지위가 높은 인간 사내들의 경우 여러 부인을 두는 경우가 적지 않은 편이지만 그 반대의 경우는 달랐다. 지위가 높은 인간 여자를 부인으로 들일 경우 그녀 이외에 다른 부인을 들이는 건 간단한 일이 아니었다.

게다가 이번 혼사는 단순히 애정으로 이루어지는 게 아니었다.

인간들과 바람 부족 간의 화합을 위한 자리였다. 이미 한차례 그 화합이 깨진 전례가 있기 때문에 양측 모두 조심에 조심을 해야 하는 상황이었다.

제아무리 라크마라 할지라도 현실에 부딪친다면 헤로나와의 결혼을 고집하지는 못할 것 같았다.

물론 할만도 라크마의 처지를 이해하지 못하는 건 아니었다. 라크마도 얼굴 한 번 보지 못한 인간 여자와 결혼하는 게 편치는 않을 것 같았다.

정작 문제는 여동생인 헤로나다.

평생을 라크마 한 사내만 바라보며 살아온 그녀에게 무작정 운명을 받아들이라 강요해야 한다는 사실이 그저 안타깝기만 했다.

"기운 내, 할만. 다 잘될 거야."

축 처진 친구 할만이 안쓰러웠던지 포아란이 있는 힘껏 그의 등짝을 후려쳤다.

"아프잖아!"

시무룩해 있던 할만이 이내 야수족의 본성을 되찾았다. 그렇게 둘은 기운이 빠질 때까지 한참 동안 바닥을 나뒹굴었다.

3

　레이샤드는 서둘러 뷔라의 결혼 상대인 라크마를 찾았다. 무척이나 넓은 야수족 마을에서 라크마를 찾기란 쉽지 않은 일이었다. 하지만 레이샤드는 꿈속이라는 사실을 적극적으로 활용했다.

　"라크마가 있는 곳으로 나를 데려다 줘."

　레이샤드가 주문을 외우듯 나직이 중얼거렸다. 그 순간 배경이 빠르게 변하더니 레이샤드의 몸이 순식간에 거대한 오두막 안으로 떨어졌다.

　"윽."

　자신도 모르게 질끈 눈을 감았던 레이샤드가 이내 정신을 차리고 주변을 살폈다. 때마침 오두막 안에는 두 명의 야수족 사내가 서로를 향해 언성을 높이고 있었다.

　"대체 헤로나와의 결혼을 왜 반대하시는 겁니까?"

　라크마로 보이는 젊은 야수족 사내가 사납게 으르렁거렸다. 그의 목소리가 어찌나 크던지 제법 큼직한 오두막이 쩌렁하게 울릴 정도였다.

　그러나 라크마의 맞은편에 선 야수족 사내는 눈 하나 까딱하지 않았다. 그는 수만에 달하는 바람 부족을 이끄는 대족장 라힘달이다.

오우거를 상대로도 물러서지 않았던 그에게 아들의 발악 정도는 우스운 일이었다. 오히려 그는 더욱 위압적인 얼굴로 라크마를 매섭게 노려보았다.

"상대는 평범한 인간이 아니다. 아르만 공작가의 사람이다. 그런데 어찌 함부로 부인을 맞이하겠다는 생각을 할 수 있단 말이냐!"

라힘달의 목소리가 라크마를 집어삼킬 듯 울려 퍼졌다. 그 기세에 눌린 라크마가 자신도 모르게 입술을 질근 깨물었다.

"크윽! 아버지께서 무슨 말씀을 하셔도 소용없습니다! 전 이미 헤로나를 부인으로 맞기로 약속을 했습니다. 그런데 어찌 그 약속을 어기라 하십니까!"

라크마가 항변하듯 말했다.

야수족들은 이종족답게 약속을 중요하게 여겼다. 특히나 라크마와 같은 전사들은 자신이 내뱉은 말을 가볍게 여기는 법이 없었다.

라힘달도 대족장이기 이전에 전사였다. 그 역시도 전사의 약속이 어떤 의미인지 모르지는 않았다.

하지만 이번 혼사의 대상은 야수족이 아닌 인간이다. 인간들에게 야수족의 약속의 무거움을 납득시키기란 쉬운 일이 아니었다.

"약속을 했다 해도 어쩔 수가 없다. 넌 내 아들이기 이전에 바람 부족의 대표로 이번 혼례를 치르는 것이다. 그러니 잔말 말고 헤로나를 잊어라."

"아버지!"

"시끄럽다!"

라힘달이 매정한 목소리로 잘라 말했다. 라크마가 반박하듯 입을 열었지만 라힘달은 더 이상 듣기 싫다는 얼굴로 고개를 돌려버렸다.

"크흑!"

분함에 온몸을 부르르 떨던 라크마가 오두막 밖으로 뛰쳐나갔다. 그러나 정작 라힘달은 크게 신경 쓰지 않았다.

이미 부족 회의를 통해 결정된 일이다. 제아무리 부족장의 아들이라 하더라도 부족 회의의 결정을 어길 수는 없는 일이었다.

다음 날.

라크마는 예정대로 폭풍의 용병단의 주둔지로 향했다.

가는 내내 라크마는 이렇다 할 말이 없었다. 헤이나를 부인으로 맞이할 수 없다는 사실에 낙담한 듯 표정이 좋지 않았다.

"라크마님."

"기분을 좀 푸십시오."

동행하던 전사들이 라크마를 달래 봤지만 소용없었다. 오히려 그럴 때마다 라크마의 울분에 찬 시선을 감당해야만 했다.

폭풍의 용병단 주둔지에 도착한 뒤에도 라크마의 태도는 달라지지 않았다.

라크마는 피로를 핑계로 막사로 들어가 버렸다. 한발 늦게 도착한 라힘달도 어쩔 수 없다는 듯 격식을 핑계 삼아 결혼식을 하루 늦췄다.

아르만 공작은 결혼식을 서두르자고 말했지만, 이 상황에서 라크마를 억지로 식장으로 끌고 갔다간 큰 일이 날 것만 같았다.

결혼식의 연기 시점부터 시간은 빠르게 지났다. 그리고 문제의 밤이 찾아왔다.

라크마의 천막은 뷔라의 천막처럼 어둑했다. 본래 야수족은 시력이 좋아 밤에도 물체를 선명하게 구별해 낼 수 있었다. 그래서 밤에 불을 켜놓는 야수족은 거의 없다시피 했다.

천막 밖은 결혼식 준비로 부쩍 소란스러워져 있었다.

"술을 가져와!"

속이 상한 듯 라크마가 크게 소리쳤다. 그러자 함께 따라왔던 할만이 술상을 가지고 들어왔다.

"그렇지 않아도 부르려던 차였는데 잘 왔어."

라크마는 할만을 반갑게 맞았다. 지금 같은 상황에서 그가 심적으로 의지할 수 있는 건 할만 뿐이었다.

할만이 어색하게 웃으며 술잔에 술을 따랐다. 그러나 라크마는 그것만으로는 성이 차지 않는다는 듯 술병을 통째로 들이켰다.

"내일이 결혼식이니 적당히 드십시오."

할만이 냉큼 라크마의 팔을 붙잡았다. 하지만 라크마는 끄떡없다며 할만의 팔을 뿌리쳤다.

"이 정도로는 취하지도 않아."

라크마는 할만이 가져온 세 병의 술을 전부 마셨다. 그리고 안주로 가져온 생고기를 단숨에 입에 쑤셔 넣었다.

"잠시만 기다리십시오."

나직이 한숨을 내쉬던 할만이 다시 술을 가져왔다. 라크마는 그 술들마저 몽땅 들이켰다. 그리고는 취기가 오른 듯 횡설수설 떠들어대기 시작했다.

"미안하다. 너한테는 할 말이 없어."

"아닙니다. 무슨 그런 말씀을 하십니까."

"내 힘이 부족해서 어쩔 수가 없었다. 그래도 내가 한 약속은 끝까지 지킬 테니 날 믿고 기다려 줘."

"라크마님. 부담 갖지 않으셔도 됩니다. 헬레나도 라크마님의 입장을 충분히 이해하고 있습니다."

"아니! 아니야. 그럴 수는 없어! 헬레나는 누가 뭐래도 내 부인이나 다름없어! 인간 여자한테는 그 점을 확실히 설명할 생각이야."

"그러시면 안 됩니다, 라크마님. 상대는 귀족입니다. 괜히 자존심을 상하게 했다간 평화 협정 자체가 깨져 버릴지도 모릅니다."

"흥! 그깟 평화 협정, 그게 무슨 대수야? 솔직히 말해 먼저 손을 내밀어놓고서 인간들이 무슨 짓을 했어? 감히 내 여동생을 짓밟았잖아!"

"라크마님, 진정하십시오. 그 일은 인간들이 충분히 사과를 한 일입니다. 더 이상 언급해서 봐야 좋을 게 없습니다."

할만이 점점 흥분해 가는 라크마를 달랬다. 라크마도 애써 분을 삭이듯 안주로 가져온 고기를 잘근잘근 씹어댔다.

아르만 공작가와 바람 부족의 평화를 위한 이번 결혼식을 앞두고 폭풍의 용병단이 제안했던 것 중에 하나가 지난 1차 결혼식에 대해 서로 책임을 묻지 않는 것이다. 그리고 그 점에 대해 양측 모두 합의를 마친 상태였다.

하지만 정작 결혼의 당사자인 라크마는 그 점에 대해 앙금이 가시지 않은 표정이었다.

"라크마님, 이런 말씀드려 죄송하지만 지난 일을 마음에 담아두시면 안 됩니다."

할만이 라크마에게 신신당부를 했다. 만에 하나 라크마가 그 점을 걸고넘어질 경우 아르만 공작가와의 사이가 더욱 나빠질 수 있었다.

"그래, 알았다. 알았어."

라크마가 마지못해 고개를 주억거렸다. 그리고는 그대로 탁자 위에 엎어져 버렸다.

할만은 취한 라크마를 침대 위로 옮겼다. 라크마는 요란스럽게 코를 골며 세상모르고 잠에 들었다.

구석에 앉아 그 모습을 조용히 지켜보던 레이샤드는 조심스럽게 라크마의 옆자리에 들어 누웠다.

덩치 큰 사내 옆에 눕는다는 게 썩 내키지는 않았지만 그래야만 침입자에 대해 더 자세히 알아낼 수 있을 것 같았다.

그로부터 얼마가 지났을까.

스아아아아.

휘장이 들썩이더니 찬바람이 천막 안으로 새어 들어왔다.

'왔다!'

레이샤드는 반사적으로 고개를 돌렸다.

아니나 다를까. 천막 안으로 시커먼 그림자가 숨어든 게 눈에 들어왔다.

레이샤드는 다시 라크마 쪽을 바라보았다. 야수족은 이종족 중에서도 기감이 발달해 있기로 유명했다. 어쩌면 라크마도 침입자의 존재를 알아챘을지도 모른다는 생각이 들었다.

하지만 술이 과했던 탓일까. 라크마는 여전히 깊은 잠에 빠져 있었다.

푸우우. 푸우우.

라크마가 숨을 내쉴 때마다 짙은 술 냄새가 풍겼다. 그 냄새가 멀찍이 떨어져 있던 침입자에게도 전해졌다.

라크마가 술에 취해 있다는 사실을 확인한 침입자는 단숨에 코앞까지 다가왔다. 그리고는 품속에서 단검을 꺼내어 라크마의 가슴에 있는 힘껏 꽂아넣었다.

푸욱!

라크마의 가슴에 빨려 들어가던 단검이 어느 순간 멈춰 섰다. 야수족 특유의 기형 갈비뼈에 검이 걸려든 것이다.

그때였다.

"컥!"

라크마가 눈을 번쩍 뜨더니 괴성과 함께 침입자를 밀어냈다.

콰당!

방심했던 침입자가 균형을 잡지 못하고 엉덩방아를 찧었다. 그 과정에서 얼굴에 묶어 두었던 검은색 천이 흘러내렸다.

"……!"

레이샤드는 놓치지 않고 침입자의 얼굴을 바라보았다. 그러나 침입자는 그 사실을 전혀 인지하지 못했다.

몸을 휘돌려 자리에서 일어난 침입자가 다시 라크마의 몸 위로 뛰어올랐다. 그리고 온몸으로 단검을 짓눌렀다.

그러자 빠각하며 뼈가 부러지는 소리가 났다. 라크마가 있는 힘껏 침입자의 손목을 움켜잡았지만 단검이 심장을 파고드는 걸 막지는 못했다.

『영주 레이샤드』 5권에 계속…

이제부터 전자책은

이젠북

www.ezenbook.co.kr

❧ 새로운 세계가 열린다! ❧

HERO 2300

FUSION FANTASTIC STORY

영웅2300

말리브 장편 소설

「도시의 주인」 말리브 작가의
특급 영웅이 온다!
『영웅2300』

돈 없는 찌질한 인생 이오열,
잠재 능력 테스트에서 높은 레벨을 받았지만

"젠장, 망했어! 되는 일이 하나도 없어!"

하필이면 최악의 망캐 연금술사가 될 줄이야!

그러나 포기란 없다.

최악에서 최고가 되기 위한
오열의 이야기가 시작된다!

FANATICISM HUNTER

광신사냥꾼

류승현 판타지 장편 소설

FANTASY FRONTIER SPIRIT

「블레이드 마스터」의 류승현 작가가 펼쳐내는
판타지의 새로운 신화!

마도대전을 승리로 이끈 유리언 대륙의 영웅,
최강의 아크 메이지 제온!

그러나 '세상의 섭리'에 아내와 아이를 빼앗기는데……

『광신사냥꾼』

만약 그것이 정말로 세상의 섭리라면,
그마저도 무너뜨리고 말리라!

복수를 위한 제온의 위대한 여정이 시작된다!

Book Publishing CHUNGEORAM

유행이 아닌 자유추구 -
WWW.chungeoram.com

말년병장, 이등병되다!

에바트리체 장편 소설

FUSION FANTASTIC STORY

대한민국 남자라면 알고 있을 바로 그 이야기!

『말년병장, 이등병 되다!』

전역을 코앞에 둔 말년병장, 이도훈.
꼬장의 신이라 불리던 그가 갑자기 훈련병이 되었다?!

"…이런 X같은 곳이 다 있나!"

전우애 넘치는 군인들의
좌충우돌 리얼 군대 이야기!

Book Publishing CHUNGEORAM

유행이 아닌 자유추구 -
WWW.chungeoram.com

FANATICISM HUNTER

광신사냥꾼

류승현 판타지 장편 소설
FANTASY FRONTIER SPIRIT

「블레이드 마스터」의 류승현 작가가 펼쳐내는
판타지의 새로운 신화!

마도대전을 승리로 이끈 유리언 대륙의 영웅,
최강의 아크 메이지 제온!

그러나 '세상의 섭리'에 아내와 아이를 빼앗기는데…….

『광신사냥꾼』

만약 그것이 정말로 세상의 섭리라면,
그마저도 무너뜨리고 말리라!

복수를 위한 제온의 위대한 여정이 시작된다!